KB184146

# 7일 사이에

## 글 김영혜

중앙대학교에서 경제학을 공부했고, 인도 뿌네 대학교와 한국예술종합학교에서 영화연출을 전공했다. 〈해우소〉, 〈녹〉 등 다수의 단편영화 각본을 쓰고 연출했고, 장편 다큐멘터리 〈나는 루저일까〉로 서울여성국제영화제 다큐 피치앤캐치 본선에 진출, 관객상을 수상하기도 했다. 지금은 한국방송작가교육원에서 다수의 단막 드라마를 집필하면서 명상 관련 통역을 한다.

《7일 사이에》는 작가의 첫 책으로, 어디에도 속하지 못하는 불안정한 청소년의 모습을 날카롭고 솔직하게 그리면서도 청소년에 대한 애정과 희망을 담고 있다.

## 그림 이윤민

청소년 아이들을 키우는 엄마이자 책을 사랑하는 작가이다. 한국적 색채와 판타지의 느낌을 살리고자 한 《7일 사이에》의 그림은 몽환적이면서도 동시에 사실적으로 글과 조화를 이룬다.

쓰고 그린 책으로 《꼭두와 꽃가마 타고》, 《그 집에 책이 산다》, 《우리 아기 코 잘까?》, 《백령도의 명궁 거타지》, 《지구온난화가 가져온 이상한 휴가》가 있고, 그림을 그린 책으로 《사라진 부모님을 찾아서》, 《서사무가 - 집 지킴이 신들》, 《꽃과 나비를 사랑한 예술가 신사임당》 등이 있다.

# 7일 사이에

김영혜 글 | 이윤민 그림

■ 차례 ■

## ■ 프롤로그 ■

"다시는 태어나지 말자."

아룡의 작은 운동화가 난간 위로 성큼 올라섰다. 죽고 싶다는 말을 입버릇처럼 내뱉었지만 다리 위에 올라선 것은 처음이었다. 떨릴 줄 알았는데 예상외로 담담했다.

아룡은 위태롭게 흔들리는 몸을 난간에 기대고선, 크게 숨을 들이쉬었다. 이생에서 쉬는 몇 번 남지 않은 숨이 될 거였다. 아룡의 폐까지 깊게 스며든 여름밤 공기는 시원했지만 체한 듯 꽉 막혀 있는 아룡의 가슴을 뚫어 주지는 못했다.

아룡은 한강 다리를 비추는 화려한 조명도 닿지 않는, 저 멀리 가장자리의 물을 내려다봤다. 칠흑처럼 어두웠다. 이제 모든 게 끝이라는 생각에 아룡은 머리카락이 쭈뼛 설 듯한 냉기를 느꼈다.

그 순간이었다.

아룡은 이생에서 해야 할 마지막 일을 떠올렸다.

## S#1 그늘을 사랑하는 소녀

한여름, 따갑게 내리쬐는 햇살을 비웃기라도 하듯, 아룡은 나무 그늘로 몸을 숨겼다. 아룡은 그늘이 좋았다. 몸에 닿는 것들을 낱낱이 비추는 햇살보다는 적당히 숨기고 보듬어 주는 그늘이 마음에 들었다. 사실 아룡은 적당히 눈에 띄지 않게, 그늘 속에 사는 게 편했다.

학기 초 자리를 정할 때, 맨 뒷줄로 달려가는 녀석들은 하수였다. 맨 뒤는 맨 앞과 마찬가지로 시선을 끌기 마련이라는 걸 아룡은 알고 있었다. 아룡이 정한 자리는 바로 어정쩡한 가운데. 맨 가장자리에서 두세 번째 안으로 들어가 최대한 정중앙을 피한 자리가 아룡이 선택한 그늘이었다. 아룡은 그늘 속에서 맘껏 머릿속 '망'상 앱을 켜곤 했다. 아룡이 굳이 '망'상이라고 한 건 한번 시작하면 멈춤 버튼을 누를 수가 없어서, '망'하기 십상이기 때문이다.

한번은 긴 급식 줄에 끼는 것이 싫어, 잠시 그늘에 숨어 있다가 점심시간이 끝나 버리는 바람에 시윤의 타박을 듣기도 했다.

같은 아파트 단지에 사는 시윤은 어린이집, 유치원, 초등학교, 중학교를 같이 다닌 사이였다. 시윤은 아룡에게 "숨을 거면 내가 찾을 수 있는 데 숨어 있어."라고 했다. 그건, 유치원 놀이터에서 숨바꼭질할 때부터 시윤이가 일방적으로 정한 규칙이었다. 아룡은 이 규칙에 대해서만큼은 시윤의 말을 잘 따랐다. 어차피 아룡을 찾아 줄 사람은 시윤밖에 없었다. 애써 숨었는데 날 안 찾아 주는 것만큼 심통 나는 일이 없다는 걸 아룡은 알고 있었다.

점심시간, 아룡은 급식을 대충 먹고 학교 건물 밖으로 나가 시윤이 찾을 만한 그늘에 숨어들었다. 도서관 창가 너머 등나무 밑 의자는 아룡과 시윤이 자주 찾는 완벽한 그늘이었다. 짙푸른 잎새들이 우거져 햇살 따위 들어올 틈이 없기도 했지만, 어미 길고양이가 새끼를 낳고 버려두고 가서 그대로 새끼 고양이들의 무덤이 되어 버린 뒤로는 아무도 찾지 않았기 때문이다.

아룡이 태블릿을 무릎에 얹은 채 펜을 쥐고 웹툰에 넣을 용을 그리려던 찰나에 망상 앱이 켜졌다. 한번 클릭만 하면, 자동 재생되는 핸드폰 앱 속 영상처럼 생각이 펼쳐졌다. 이번엔 아직 다 그리지도 않은 용이 꿈틀거리며 떠올랐다. 용은 팔레트 위를 휘젓고 다니며 색색의 옷을 입었다. 무지개색 꿈틀이 젤리가 떠올랐다.

그 순간, 용이 하늘로 솟구쳤다. 이번엔 빨간색을 뒤집어쓴 용이었다.

'앗, 가래떡 떡볶이!'

혀를 새파랗게 물들이던 파랑도 초록도 아닌 이상한 색의 슬러시와 떡볶이를 함께 팔던 미술학원 앞 떡볶이집이 떠올랐다.

시윤이 아룡 앞에 나타나자, 가까스로 망상 앱에 멈춤 버튼이 눌러졌다. 초등학교 졸업 이후 키는 자라지 않고 옆으로만 퍼져 가는 아룡에 비해, 시윤은 고등학교 입학할 때 맞춘 교복 바지가 발목 위로 껑충 올라와 있었다. 기다랗고 하얀 시윤이 가래떡 같다는 생각이 들었지만, 아룡은 입 밖에 내지 않았다. 가래떡이라고 놀렸다간 나날이 통통해지는 아룡의 볼살을 두고 시윤이 반격할지도 모른다.

"나랑 사귈래?"

예상치 못한 공격이었다. 쌍꺼풀 없는 큰 눈을 끔벅이며 시윤이 아이스크림을 반으로 툭 쪼개서 아룡 앞에 쓱 내밀었다. 누구와도 다 잘 어울리는 시윤은 그늘만 찾아다니는 아룡과는 사뭇 달랐지만, 아룡의 유일한 친구였다. 아룡은 자기 쪽으로 내민 아이스크림이 더 큰 걸 눈치챘다.

"사귀자고. 나랑 놀면 재밌잖아."

시윤이 밥 먹자는 듯, 대수롭지 않게 물었다. 아룡은 대답 대신 아이스크림을 받아 한입 가득 베어 물었다.

"왜 오늘은 아냐?"

아룡이 오물거리는 것을 보며, 시윤이 눈치를 보더니 한마디 덧붙였다.

"어, 아냐."

시윤은 그럴 줄 알았다는 듯이, 아룡 옆에 털썩 앉았다.

"그럼, 내일 물어보지, 뭐."

"내일? 난 내일 없을 듯."

아룡은 어색함을 숨기며 심드렁한 표정을 지어 보였다. 시윤은 한입에 다 넣기에는 커 보이는 아이스크림을 욱여넣으며 받아쳤다.

"너, 어제도 그 말 하고 지금 있음."

아룡은 시윤의 말을 무시하고, 한참을 말없이 태블릿

에 그림만 그렸다. 아까 다 그리지 못한 용이었다.

“한강에 용이 어딨냐? 유니콘이면 몰라도.”

시윤은 용이 귀엽다고 생각하면서도 툴툴거렸다. 아룡이 펜을 놓고 시윤을 째려봤다.

“너, 내 이름이 왜 아룡인지 알아? 한강에 용이 솟구치더래, 꿈에.”

“누가 그래? 니네 엄마가?”

“아니, 아빠가….”

아룡의 입에서 ‘아빠’라는 말이 나오자, 둘 사이에는 한동안 정적이 흘렀다. 때마침 예비 종이 울린 게 다행스러울 정도였다.

아룡이 태블릿을 덮으며 교복 치마를 털고 일어나자, 시윤도 따라 일어섰다.

2학년 교실 복도 앞에서 둘은 말없이 멈춰 섰다. 건물 밖에서부터 복도까지 한마디도 오고 가지 않았으니, 사람들은 둘이 함께 온 줄도 모를 법했지만 아룡과 시윤에게는 둘만의 약속이 있었다. 늘 그랬듯, 소화전 앞에서 잠시 멈춰 서서 숨을 한 번 내쉬고는 각자의 교실로 향했다. 그렇게 하자고 말한 적은 없지만 둘은 점심시간이면 각자 급식을 먹고 등나무 그늘에 앉아 있다가 예비 종이 치면 함께 올라왔다.

5교시 수학 시간, 대놓고 엎드려 자지만 않으면 딴짓을 해도 뭐라 하지 않는 시간이었다. 아룡이 인강을 듣는 척 태블릿을 켜 놓자, 시윤에게 메시지가 왔다.

시윤

수학 시간? 수학 개노잼. 농담 하나 안 해.

그래서 좋아. 딴생각 가능. 억양이 너무 골라서 잠자기도 딱 좋고.

시윤

헐. 또라이 인정.

넌 사는 게 재밌어?

시윤

왜 또? 진지충? 너도 겜 할래?

아룡이 답이 없자, 창가에 앉은 시윤이 옆 창문을 바라봤다. 디귿 자로 생긴 건물의 맞은편 교실에 아룡이 앉아 있는 게 보였다. 아룡 앞으로 수학 선생님이 지나가려던 참이었다. 아룡은 잽싸게 화면을 두 번 클릭해 인강 화면을 띄웠다.

책상 사이를 돌아다니던 수학이 잔소리 포문을 열기 시작했다.

"수학 포기하면 니들 인서울 하기 힘든 거 알지? 인서울 아니면 대학 가서 뭐 할래? 취직은 할 수 있을 것 같아? 취직 안 되면 결혼은? 인생 쉽지 않다."

'인서울 대학 나오고 연금에 정년 보장되는 직장까지 있는 선생님은 인생이 쉬우세요?'

이 말이 목구멍까지 치올랐지만 아룡은 조용히 눈을 내리깔고 시선을 피하는 것으로 혼자만의 말대꾸를 했다.

수업이 끝나 갈 무렵, 참새인지 박새인지 모를 새 한 마리가 열린 창문 사이로 날아들었다. 수학이 제일 크게 소리를 지르며 도망쳤다. 학생들은 '와아'와 '우와'를 반복하며 소란을 피웠고, 새는 겁에 질려 이리저리 쫓기듯 날아다니다 창문에 부딪혀 아래로 떨어졌다. 아룡은 자리에서 벌떡 일어나 창가까지 가서 허리를 접고, 쓰러진 새를 바라봤다. 아랫배에 검고 굵은 선이 있는 것을 보니 박새인 듯했다. 쓰러진 박새는 이미 숨을 거두었는지, 다시 일어설 기미가 보이지 않았다.

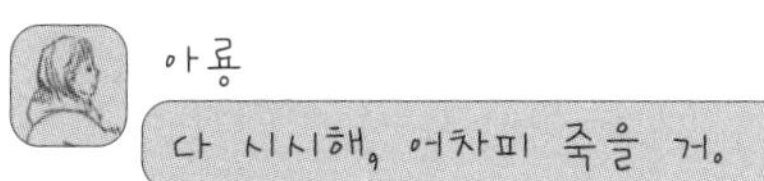


한바탕 소란함이 가시고, 자리로 돌아온 아룡이 시윤에게 답했다.

쉬는 시간, 끼리끼리 모이기 시작했다. 아룡 곁에는 아무도 오지 않았다. 아룡도 굳이 누구를 찾아 나서지 않았다.

"최아룡! 담임이 너 오래."

아룡은 말을 전한 애를 천천히 바라보다 대답 대신 자리에서 일어났다. 다른 애들이 "왜?" "상담한대?" "최아룡이 너야?" 등등의 질문을 해 댔으나 아룡은 어떤 질문에도 답할 수 없었다.

일단, 담임이 자신을 왜 찾는지는 아룡도 몰랐고, 자신이 누구인지는 아룡도 가끔 헷갈렸다. 머릿속 망상 앱이 자동으로 또 열린 셈이었다.

난 누구일까… 최아룡이 날까. 세상에 최아룡이라는 이름을 가진 모두가 나는 아닐 텐데, 나를 나라고 규정할 수 있는 건 뭘까. 몸일까, 아니면… 몸 아닌 뭔가가 존재하는 걸까.

아룡이 담임 앞에 앉으면서 앱이 멈췄다. 담임은 기말고사 꼬리표를 수첩 아래 두고는 아룡을 바라봤다.

오늘의 잔소리 총량이 덜 채워진 걸까, 질문마다 폭탄이었다.

"주요 과목 등급이 5.3… 이대로면 인서울은 어려운 거 알지? 한부모 자녀로 나오던데 혹시… 아버님은 돌아가셨니? 어… 뭐, 말하기 싫으면 안 해도 돼. 어머님이랑 진로 얘기는 해 봤니? 너, 웹툰 그린다며? 그쪽으로 대학

갈 수도 있는데 그 정도 실력은 되니? 이참에 학원을 다녀 보는 건 어때?"

아룡이 웹툰을 그리게 된 건 순전히 시윤 때문이었다. 시윤이 자신이 좋아하는 캐릭터를 그려 달라고 하도 떼를 쓰는 바람에 한두 개 그려 줬다가 시윤이 짠 이야기에 맞춰 그림을 끄적이다 보니, 어느새 웹툰 비스름한 게 돼 버린 것이다.

아룡의 진로 상담은 아룡이 아무 대답도 하지 않았다는 걸, 담임이 알아차리지 못할 만큼 빠르게 끝났다.

하교 후 집으로 가는 길, 아룡이 발걸음을 멈췄다. '오픈 기념 깜짝 스페셜 이벤트'라고 쓰인 네 컷 프레임 사진관 앞이었다. 시윤이 멀리서 한달음에 달려와, 아룡 옆에 섰다.

"왜 찍게? 같이 찍을까?"

아룡의 시선이 사진관에 꽂힌 것을 보고, 시윤이 물었다.

"줄 서기 싫어."

길게 늘어선 줄을 보고 아룡이 고개를 돌리자, 시윤도 시선을 거뒀다.

아룡과 시윤은 하교 후 함께 집으로 향했다. 서로 약속하지 않아도 가다 보면 만나게 돼 있었다. 간혹, 만나지지 않을 때면 둘 중 하나가 아파트 놀이터에 먼저 도착해 서로를 기다렸다.

"넌 진로 정한 거야?"

그네에 털썩 주저앉은 아룡이 시윤에게 물었다.

"응. 최저 등급만 맞추면… 근데 너, 오늘 첫 질문이야."

아룡은 하루 종일 다른 사람들의 질문을 피해 다니느라, 정작 자기가 궁금한 건 질문하지 않았다는 걸 기억해냈다. 이 질문도 답을 알기 위한 질문이었다기보다는 피하기 위한 질문에 가까웠다. 아룡의 마음을 잘 안다는 듯이, 시윤은 아룡에게 질문을 던졌다.

"넌, 대학 안 가? 안 가면 뭐 할 건데?"

아룡은 대답 없이 가방에서 태블릿을 꺼내 그림을 그리기 시작했다. 시윤은 이번에도 아룡이 답하지 않을 걸 알았다는 듯이, 자기 질문에 답하기 시작했다.

"딱히 할 게 없으니까 가는 거야, 성적 맞춰서. 가능하면 가까운 데로."

시윤이 딱 부러지게 답하자, 왠지 뿔이 난 아룡이 질문을 이어 갔다.

"대학 가면?"

"취직해야지."

"취직하면?"

"연애도 하고."

"연애하면?"

"결혼도 하고 애도 낳고…."

핑퐁 탁구 치듯 질문에 답을 이어 가던 시윤이 괜히 혼자 얼굴이 붉어져서 말끝을 흐렸다.

"시시하잖아. 그러다 죽나 지금 죽나 뭐가 달라?"

아룡이 잘못 날아들었다가 창문에 머리를 박고 유명을

달리한 박새를 떠올리며 아랫입술을 삐죽였다. 시윤은 그런 아룡이 귀여워 웃음이 새어 나왔지만, 하루에 두 번이나 사귀자고 했다간 정강이를 차일 게 뻔해서 일부러 말을 돌렸다.

"잡생각 하지 말고 이거나 마저 그려."

한참 열심히 그리고 있는 아룡에게 시윤이 딴지를 걸었다.

"근데 넌 사는 게 시시하다며 이건 왜 그려?"

"그냥, 좋아서."

시윤은 목적어가 없는 아룡의 대답에 순간, "나?"라고 묻고 싶었지만 이번에도 질문을 마음속으로 꿀꺽 삼켰다. 아룡이 정적을 참지 못하고 시윤을 빤히 바라봤다.

딸꾹! 시윤의 갑작스런 딸꾹질에 아룡이 벌떡 일어나 시윤의 등을 두들겼다.

"왜 갑자기 딸꾹질이야! 나 몰래 뭐 훔쳐 먹었어?"

아니라고, 볼멘소리를 이어 가면서도 시윤의 딸꾹질은 멈추지 않았다.

# 무문관

그 시각, 법산은 불빛 하나 없는 동굴 속에서 미동도 없이 결가부좌(스님이나 수행하는 사람들이 앉는 자세로, 가부좌라고도 함)를 하고 앉아 있었다. 수년째 손대지 않은 머리가 산발이고 손톱, 발톱마저 길게 나 있어, 산 사람인지 귀신인지 구분이 안 될 지경의 형상이었다.

법산이 앉아 있는 반 평 될까 말까 한 동굴은 성인 남자가 발을 쭉 펴고 누울 수도 없을 만큼 좁은 공간이었다. 게다가 커다란 바위로 입구가 막혀 있어 나가려고 해도 혼자 힘으로 빠져나갈 수 있을지 가늠이 안 됐다. 법산은 그런 곳에 스스로를 가둔 채 수년을 지내 온 것이다. 바위 위에는 문이 없는 관문, '무문관(無門關)'이라 적힌 팻말이 쓰러질 듯 붙어 있었다.

머리가 희끗희끗한 노스님이 젊은 행자(아직 스님이 되지 못하고 절에 지내면서 여러 가지 일을 돕는 사람)와 함께 무문관 앞에 멈춰 섰다.

"앞으로 백 하루면 10년입니다."

젊은 행자는 자기가 말하고도 믿기지 않는다는 듯, 10년이라는 말을 되새겼다. 법산은 10년을 빛도 들어오지 않는 동굴 속에서 무엇을 한 걸까. 아직 수행이 깊지 않은 행자로서는 가늠하기 어려웠다.

"정말 10년 수행을 완성하면 법산 스님이 생불이 되시는 겁니까?"

행자는 늘 궁금했지만 차마 묻지 못했던 것을 노스님에게 물었다. 노스님이 대답 대신 껄껄 웃기 시작했다.

행자는 노스님이 웃는 이유를 알 수 없어 아리송하기만 했다.

'무문관에서 10년을 수행하면 살아 있는 부처가 될 것이다.'

전해 내려오는 이 이야기 때문에 전국에서 수행 좀 했다는 고수들이 이름도 없는 이 절로 찾아들었다. 행자도 그중 하나였다. 그러나 열에 아홉은 한 달은커녕 열흘도 채우지 못하고, 나오게 해 달라고 문을 두드렸다.

행자는 10년을 무문관에 있다는 법산의 얼굴을 보지도 못했지만 혹시나 법산이 그 안에서 미치거나 죽은 것은 아닌지 궁금하기도 했다. 3년 전, 행자가 이 절에 들어오고 얼마 지나지 않고부터 법산은 하루 한 번 받아먹던 식사와 물마저 거부하고 있었다. 대체 산 사람이 음식은 물론이고 물도 마시지 않은 채 빛 한 줄기 없는 곳에서 다리 한 번 펴지 못하고 버틸 수 있는 것일까.

행자는 과학으로 증명되지 않는 수행의 세계가 너무도 궁금했지만 무엇보다 수행의 완성인 생불, 살아 있는 부처의 존재가 더 궁금했다.

생불은 대체 어떤 능력을 갖게 될까, 신통력이라도 생기는 걸까. 천 리를 한걸음에 갈 수 있는 신족통(神足通), 천 리 앞이 보이는 천안통(天眼通), 천 리에서 하는 말이 들리는 천이통(天耳通), 타인의 마음을 읽을 수 있는 타심통(他心通), 또 뭐가 있더라.

행자의 생각이라도 읽은 것처럼 노스님이 긴 웃음 끝에 답했다.

"생불? 부처가 뭐 별거라더냐. 제가 이미 부처인지도 모르고 부처가 되겠다니…."

행자는 노스님의 말을 알다가도 모를 듯해 고개를 갸웃했다. 이미 부처라니, 누가 부처란 말인지, 행자의 생각이 또 꼬리에 꼬리를 물려고 할 때였다.

"나올 때가 되었구나. 방 청소나 해 놓거라."

"100일이면 계절 하나는 더 지나야 할 텐데 벌써요?"

행자의 물음에는 대답도 없이, 노스님은 복숭아나무에 달린 잘 익은 복숭아 하나를 향해 팔을 뻗으며 말했다.

"아, 고놈 참 잘도 익었네."

노스님의 손에 복숭아가 톡 떨어졌다.

# S#3. 엄마 또는 정명선 씨

시윤과 놀이터에서 헤어진 아룡이 아파트 복도를 지나 익숙하게 현관문 키패드를 눌렀다. 엄마의 날렵한 구두가 보였다. 좀체 볼 수 없던 미소가 아룡의 입꼬리에서 흘러나왔다. 아룡은 엄마가 기다리는 집에 들어서면 100와트짜리 전등을 켠 듯 집이 환해진 것 같았다.

소파에 누워 '돌싱'들이 짝을 찾는 예능 프로그램을 보고 있던 명선이 아룡의 인기척에도 늘어져 있었다. 소파

밑에는 또 소주병이 뒹굴고 있었다. 술에 취해 붉게 달아 오른 얼굴에 피부 생각한다고 마스크 팩을 붙인 엄마를 아룡은 이해할 수 없었다.

"다녀왔습니다."

아룡의 인사에 마스크 팩이 소파 위로 삐쭉 고개를 내밀었다가 아룡과 눈도 제대로 마주치기 전, 핸드폰 벨 소리를 따라 시선을 돌렸다. 명선은 몸을 곧추세우고 곧장 핸드폰을 받았다. 명선은 일할 때면 바짝 에너지를 끌어올렸다.

"네, 고객님! 그럼요, 제왕 절개도 수술이죠. 당연히 수술비 지원해 드리죠. 아, 저요? 저는 자연 분만 했어요. 네네, 제가 조만간 한번 들를게요. 어린이 보험도 소개해 드릴 겸."

아룡은 명선이 통화하는 걸 들으며 식탁에서 물을 따라 마시고는 조심스럽게 물었다.

"엄마, 나 낳을 때 힘들었어?"

마스크 팩에 가려 표정이 보이진 않았지만 명선이 멈

칫하는 게 느껴졌다.

"아니…. 뭐, 별로."

명선이 마스크 팩 너머로 답하며 부엌으로 향했다. 아룡의 귀에 전기밥솥 뜸 들이는 소리가 들렸다.

얼굴엔 마스크 팩, 몸엔 딱 달라붙는 원피스를 입고 밥을 푸는 명선을 보고, 아룡은 '딱 봐도 데이트네.' 싶었다. 아니나 다를까, 명선의 핸드폰이 다시 한번, 요란스럽게 울렸다. 명선이 이번에는 얼굴에 붙은 마스크 팩을 집어 내팽개치고는 방으로 들어갔다.

명선은 아룡과 함께 있을 때는 땅으로 꺼질 것처럼 무기력하다가 밖에서 전화만 오면, '박카스'라도 몇 병 마신 듯 기운을 짜냈다. 아룡은 그런 엄마가 서운하다 못해 엄마의 우울증이 자기 때문인지 의심스럽기까지 했다.

아룡의 눈과 귀가 날카롭게 명선을 따라가다 문 앞에 멈췄다. 딸깍, 문 잠그는 소리가 들렸다.

"누가 사춘기야? 지금?"

아룡이 식탁에 물컵을 탁 소리 나게 거칠게 내려놓고

는 자기 방으로 향했다.

시윤은 침대에 누워, 헤어지기 전 아룡이 한 말을 떠올렸다. 놀이터 모래밭을 신발 코로 툭툭 차 대던 아룡이 시윤을 돌아보며 물었다.

"나 죽으면 너 어쩔 거야?"

"너보다 이쁜 여자 만나야지."

시윤은 1초도 머뭇거리지 않고 장난치듯 대꾸했다.

어두웠던 아룡의 표정이 밝아지며, 이내 씨익 웃어 보였다. '등짝 스매싱'이라도 한 대 맞을 줄 알았는데 웃고 마는 아룡의 반응이 좀 싱겁기는 했지만, 시윤은 별생각 없이 돌아섰다. 집에 돌아온 시윤은 아무래도 아룡의 그 싱거운 미소가 마음에 걸려 전화를 걸었다.

침대맡에 놔둔 아룡의 핸드폰이 진동음을 냈지만 아룡은 무릎을 끌어안고 고개를 파묻은 채 받지 않았다. 이유를 정의할 수 없는 침울함이 몰려왔다.

시윤은 자기 방의 공기를 데우는 아룡의 통화연결음을 들으며, 아룡과 나눴던 대화를 곱씹었다.

"넌, 나같이 멋진 남친이 있는데 왜 죽고 싶은 거야, 대체?"

시윤은 정말 궁금했다. 습관처럼 죽고 싶다는 말을 달고 사는 아룡의 속내가.

"니가 언제 내 남친으로 승격한 건데? 쫄따구 주제에."

아룡은 대답 대신 시윤의 엉덩이를 걷어차는 시늉을 했다.

"그니까, 왜 죽고 싶냐고. 힘들면 말을 해."

시윤이 다시 한번 물었지만 아룡은 싱긋 웃으며 손을 흔들고 가 버렸다.

아룡이 파묻은 고개를 돌리다, 책장 아래 처박혀 있는 스케치북에 눈길이 닿았다. 아룡은 먼지투성이 스케치북을 끄집어내 펼쳤다. 아룡이 어렸을 적에 그렸던 그림 속 꼬마 아룡이 아룡을 향해 왜 그러고 있냐고 묻듯 웃고 있었다. 갈래머리를 한 꼬마 아룡의 양옆에는 아룡의 손을 하나씩 잡은 엄마와 아빠가 자리하고 있었다. 아룡이 길쭉하게 그린 아빠 모습을 보다, 엄마와 아빠가 처음이자 마지막으로 부부 싸움을 하던 날을 떠올렸다.

6살 아룡이 거실에서 스케치북을 펴 놓고 크레파스로 그림을 그리고 있을 때 엄마의 날 선 목소리가 거실로 흘러나왔다.

"그게 말이 돼?"

그때 안방 문이 닫히고 딸깍 문 잠그는 소리가 들렸다.

"소리 낮춰, 아룡이 들어."

방문을 닫아건 아룡의 아빠가 조심스럽게 엄마를 다그쳤다.

"아룡이 들을까 겁나는 사람이 지금, 나랑 아룡이 버리고 집을 나가겠다고?"

"미안해…."

아룡 아빠가 죄인처럼 고개를 숙였다.

"혹시, 당신 여자 생겼어?"

"그런 거 아냐…."

"그럼 대체 이유가 뭐야?"

명선은 정말 알 수가 없었다. 지난달에 아파트 대출금도 다 갚았고 자동차 할부도 다음 달이면 끝난다. 남편은 승진을 코앞에 두고 있고, 아룡이도 잘 자라고, 자신도 건강했다. 이제 세 식구가 여행이나 다니며 아룡이 크는 것 보면서 살면 되는데 이 멀쩡하다 못해 화목한 가정을 뛰쳐나가겠다는 남편을 이해할 수가 없었다.

"나, 살고 싶지 않아, 명선아…. 왜 살아야 하는지 모르겠어. 남들 사는 대로 살아 보려고 기를 쓰고 여기까지 왔는데… 속이 텅텅 빈 것 같아."

아룡 아빠가 담아 왔던 말들을 밀물 쏟아 내듯 뱉었다.

"매일 아침 눈뜰 때마다 생각해, 왜 살아야 하지? 너랑 아룡이 잠든 거 보고 눈 감을 때는 이대로 다시 눈뜨지 말았으면 좋겠다, 그러면서 잠들어. 나, 죽, 고, 싶어. 그래서 알고 싶어. 왜, 어떻게 살아야 하는지!"

아룡 아빠가 쓰러지듯 명선의 무릎에 기대어 울음을

쏟았다. 명선은 다 큰 남자 어른이 엉엉 우는 것을 처음 봤다. 게다가 그는 명선이 제일 믿고 의지하는 남편이자 아이 아빠였다.

어린 아룡이 거실에서 듣기에, 울음소리는 엄마의 것인 것 같기도 했고, 엄마 아빠의 울음소리를 듣고 자기도 모르게 터져 나온 아룡의 것 같기도 했다.

명선은 어떻게 살아야 하는지 모르겠다는 사람 앞에서 어찌할 바를 몰랐다. 차라리 자신이 이해하고 용서할 수 있는 문제였다면 어땠을까? 명선은 말문을 잃었다.

그사이, 거실에서 아룡이 그림을 다 완성했다. 스케치북에 그려진 단란한 가족이었다.

몸이 쑥 자란 18살 아룡이 그림을 보며 말했다.

"아빠, 나도 모르겠긴 해, 왜 살아야 하는지. 다 너무 시시하거든."

부엌에서 밥 차리는 소리가 들리더니, 명선의 목소리가 아룡의 방문을 두들겼다.

"나와, 밥 먹어."

아룡이 부재중 전화가 뜬 핸드폰을 쳐다보지도 않고, 교복 주머니에 쑤셔 넣은 채로 일어났다.

밥상을 차리는 명선은 어느새 마스카라에 립스틱까지 풀 메이크업을 하고 있었다.

"그 얼굴 하고 밥상 차리는 거, 이상하지 않아?"

부아가 치밀어 오른 아룡이 명선을 아래위로 쳐다보다가 식탁에 앉았다. 명선이 아룡 앞에 앉아, 손거울을 보며 립스틱을 덧발랐다.

"이번엔 좋은 사람이야."

아룡이 명선을 노려봤다.

"진짜야, 니 아빠 될 사람이라고."

명선의 말이 끝나자마자, 아룡이 쥐고 있던 숟가락이 식탁을 때리며 둔탁한 소리를 내고 튕겨 나갔다. 깜짝 놀란 명선의 손이 미끄러져 빨간 립스틱이 입술 밖으로 삐죽 빗겨 나갔다.

"그놈의 아빠 소리 그만할 수 없어? 누가 아빠 만들어

달래? 내 핑계 좀 그만 대. 내 아빠가 아니라 엄마한테 오빠가 필요한 거잖아!"

아룡이 발악하듯 내뱉었다. 명선이 손에 쥔 립스틱을 식탁에 조용히 내려놨다. 두 눈에 눈물이 고여 있었다.

"엄마도 엄마이기 전에 여자야."

명선과 아룡 사이에 묘한 정적이 이어졌다. 마스카라까지 번져 흡사 피에로처럼 변한 명선의 얼굴을 딱하게 바라보던 아룡이 정적을 깼다.

"엄마를 엄마로 보지, 뭐로 보라는 거야! 왜, 정명선 씨라고 불러 줘?"

아룡이 자리를 박차고 일어나 가려다 멈춰 섰다.

"같은 여자로서 하는 말인데… 쓰레기 수집이 취미야? 유부남에 다단계에 폭력 전과자에… 나 같음 쪽팔려서라도 죽었다."

명선은 아룡의 말에 심장이라도 베인 표정이었다.

"기말고사 성적표 나올 때 됐지?"

눈물을 삼킨 명선이 기껏 진정하고 한 말이었다. 아룡

이 기가 찬 듯 차갑게 쏘아 댔다.

“하나만 해. 여자 놀이를 하든 엄마 노릇을 하든 하나만 하라고. 잔소리 한두 마디 하면 왜 좋은 엄마라도 된 거 같아? 이럴 거면 대체 난 왜 낳은 거야?”

명선이 화장지로 얼굴을 벅벅 지우며 말했다.

“먹고 죽은 귀신이 때깔도 좋단다. 밥 먹고 가.”

명선의 말이 끝나기도 전에 현관문 닫히는 소리가 들렸다.

아룡이 현관문에 등을 대고 서서 눈물이 번져 흐려진 시야를 닦아 냈다. 해가 진 한강 다리를 지나는 차들의 불빛이 아룡의 눈에서 너울거렸다.

“죽으러 가는 건 어떻게 알고, X발.”

씩씩거리며 어두운 복도를 걷는 아룡을 따라, 복도 센서 등이 하나씩 켜졌다. 멀어지는 아룡의 뒷모습이 점점 작아져, 점이 되어 갔다.

# S#4. 영정 사진

교복 주머니에 손을 꽂고 터덜터덜 걷던 아룡의 발걸음이 습관처럼 한강 다리로 향했다. 다리를 밝히는 화려한 불빛 사이에서 아룡의 작은 몸도 다채로운 빛으로 물들었다 지워지기를 반복했다. 멀리서 바라보면 아룡은 아룡이라는 이름도 형체도 없이 그저 빛 무더기에 으깨진 하나의 덩어리로 보일 것이다.

한참을 걷던 아룡이 주머니 속 핸드폰 진동음이 끊기

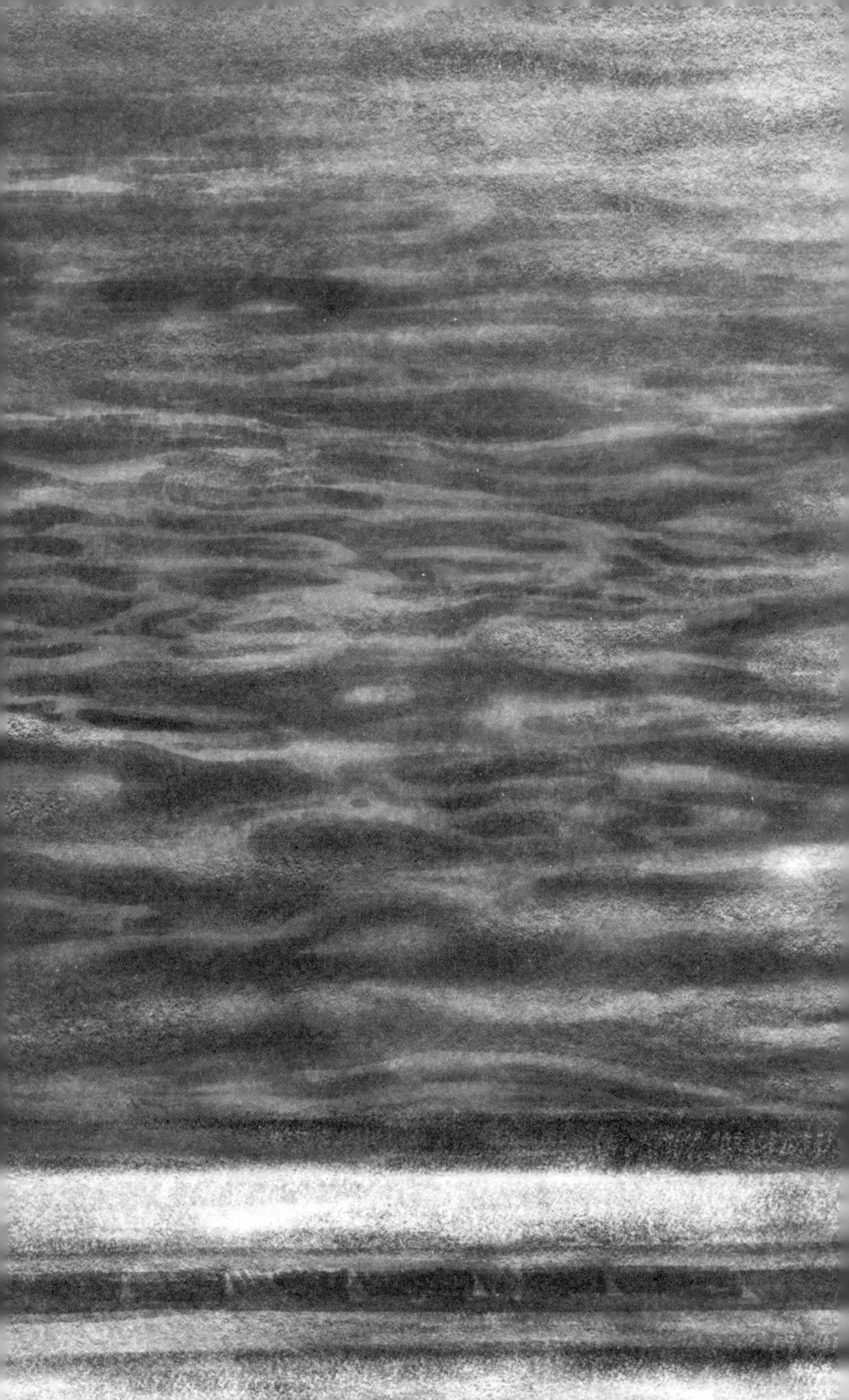

기를 기다리듯 발걸음을 멈췄다. 아룡은 교복 주머니를 손으로 꼭 쥔 채 기다렸다. 엄마, 아니면 시윤일 거였다. 둘 다 받고 싶지 않았다. 아니, 받아도 무슨 말을 해야 할지 몰랐다.

시윤은 메시지까지 읽지 않는 아룡에게 무슨 일이 생긴 건 아닐까 괜한 걱정이 들었다. 내일 학교에서 만나면 '대체 왜 전화를 씹냐!'고 꿀밤이라도 때려 줄 작정이었다. 근데 그럴 수 있을까. 아룡을 내일 다시 만날 수 있을까. 불안감이 엄습했다. 죽고 싶다는 말이야, 아룡의 말버릇이었으니 그렇다 쳐도, "나 죽으면 너 어쩔 거야?"라는 말에 자신이 그렇게 답해서는 안 됐다. 아룡이 씨익 웃고 만 것이 아무래도 마음에 걸렸다. 시윤은 다시 한번 아룡에게 전화를 걸었다.

"쓸데없이 예쁘네. 어차피 사라질 거…."

색색의 불빛이 물 위에 비쳐 자아내는 윤슬이 아룡은

못마땅했다.

아룡은 자신도 반짝이는 윤슬이나 마찬가지라고 생각했다. 불빛이 그치면 흔적도 없이 사라지는 윤슬처럼 최아룡이라는 존재도 어느 순간, 사라지고 말 거라는 생각을 한시도 지울 수 없었다. 어차피 죽을 거, 어차피 사라질 거, 왜 아등바등 살아야 하는지 아룡은 아빠처럼 답을 찾을 수 없었다. 혹시 아빠를 만나면 살아야 할 이유를 알려 주지 않을까 헛된 기대를 품어 본 적도 있었다.

하지만 아빠는 열두 해가 바뀌는 동안 단 한 번도 아룡을 보러 오지 않았다. 아룡은 아빠는 죽었다고 생각하기로 했다. 내가 죽어서나 만날 수 있는 존재가 아빠라고 말이다. 죽고 나서는 물을 것도 없으니, 만날 이유도 없어지는 건가. 아룡은 헛웃음이 나왔다.

아룡은 망상 앱을 멈추고 난간에 올라섰다. 난간 위에 올라선 아룡의 작은 발이 언제 떨어져도 이상하지 않을 만치 아슬아슬해 보였다. 위험천만해 보이는 발과 달리, 아룡은 좁은 난간 위에서 균형을 잡은 채 태연히 손에 핸드폰을 들고 사진첩 속 사진들을 한 장씩 넘겨 보고 있었다.

"쓸 만한 게 하나도 없네."

아룡이 아무렇지 않게 자기 발로 난간에서 내려왔다. 죽기 전에 꼭 하고 싶은 일이 생겼기 때문이다. 아룡은 적어도 자기 장례식에 쓸 영정 사진이 우스꽝스러운 건 절대 참을 수 없었다. 사람들에게 마지막으로 기억될 영정 사진만큼은 제대로 남기고 싶었다.

아룡이 번화한 거리를 지나, 하굣길에 지나쳤던 네 컷 프레임 사진관으로 성큼 들어갔다. 시끌벅적한 거리와 달리 사진관 안은 아룡 외엔 아무도 없었다. 고요하다 못해 적막한 실내에서 아룡이 거울을 보고 마지막으로 머리를 매만졌다. 거울 옆으로 시선을 돌린 아룡의 눈에 오픈 기념 깜짝 스페셜 이벤트 포스터가 들어왔다.

'인생의 희로애락 네 컷을 찾은 분께, 재촬영의 기회를 드립니다.'라는 이벤트였다.

"희로애락? 별걸 다 하네. 할인이나 해 주지…."

구시렁거리듯 혼잣말을 내뱉은 아룡이 마음의 준비가 다 됐다는 듯 구석진 기계 안으로 들어갔다. 아룡이 지폐를 투입하자, 화면에 '프레임 선택'이라며 '커플 사진', '민증 사진', '여권 사진', '영정 사진' 버튼이 떴다.

"컨셉 바뀌었나?"

의아해하던 아룡이 거침없이 '영정 사진'을 선택했다. 갑자기 화면에 검은 테두리가 둘리고, 장례식에서 쓰는 영정 사진 틀이 나왔다. 아룡은 정면을 응시하고 사진이 찍히기를 기다렸다.

셋, 둘, 하나, 찰칵!

화면에 불이 번쩍하고 들어오더니, 아룡이 있는 기계 전체가 영험한 빛으로 둘러싸였다.

아룡이 인쇄를 기다리는 동안 '찍는 대로, 원하는 인생이 펼쳐집니다.'라는 문구가 화면에 나타났다. 아룡은 한동안 문구를 바라봤지만 아리송할 뿐이었다. 요즘 애들 문해력 떨어진다던 담임의 잔소리가 떠올랐다.

사진을 찍는 대로, 원하는 인생이 펼쳐진다는 건데….

그럼 죽여라도 준다는 건가 싶었다. 아룡이 지금, 이 순간 바라는 것은 하나, 죽음뿐이었다. 누가 죽여라도 준다면 그야말로 '땡큐'였다.

인쇄되어 나온 사진을 손에 들고 아룡이 흡족하게 바라봤다.

"됐네, 영정 사진."

그 시각, 시윤은 아룡의 집을 향해 달리고 있었다. 같은 아파트 단지라 해도 놀이터를 지나 가파른 언덕배기를 뛰어오르는 길에 숨이 차올랐다. 시윤은 1층 입구에서 아룡의 집 호수를 누르고 호출 버튼을 눌러 댔지만 답이 없었다.

'이럴 줄 알았으면 아룡이네 엄마 번호라도 알아 두는 건데…. 지금이라도 아빠한테 전화해서 물어볼까, 아빠는 아줌마 번호 알 텐데….'

시윤의 아빠는 늘 시윤에게, 아룡 모녀에게 고마워해야 한다고 말했다. 시윤이 초등학교를 입학하자마자 집을 나간 시윤의 엄마는 부산 어디 즈음에 산다고 했다. 시윤 아빠는 소풍날마다 시윤의 몫까지 도시락을 싸 주는 아룡 엄마에게 고개가 떨어져라 감사 인사를 했다. 시윤도 아룡 모녀에게 감사했지만 도시락 때문만은 아니었다.

초등학생 시윤이 엄마를 기다리다 지쳐 그리움보다 분노가 더 커졌을 때였다. 미끄럼틀 통 속에 숨어 있는 시윤 옆에 굳이 비집고 들어온 아룡이 말했다.

“넌 엄마 얼굴 기억나?”

시윤이 퉁퉁 부은 눈을 숨기려는 듯 모진 말을 내뱉었다.

“나만 기억하면 뭐 해….”

“난 기억이 안 나. 그래서 미워할 수가 없어.”

시윤은 아룡의 손이라도 잡아 주고 싶은 충동에 사로잡혔다.

“괜찮아. 난 내 맘대로 지어내기로 했거든. 어차피 못 보는 거, 웃는 얼굴로.”

시윤이 아니라, 아룡이 시윤의 손을 잡았다. 시윤은 그날부터 아룡을 볼 때마다 웃는 엄마가 떠올랐다.

시윤이 옛 기억을 떠올리던 그때 택배 아저씨가 시윤을 스쳐 1층 문을 열고 들어갔다. 그 틈을 타 시윤은 얼른 문을 통과하고는, 엘리베이터가 내려오는 걸 기다리지 못하고 긴 다리로 계단을 두세 개씩 뛰어오르기 시작했다. 헉헉거리며 아룡의 집 앞에 다다른 시윤은 초인종을 누르고 문을 두드렸지만, 아무리 두드려도 문은 열리지 않았다.

“집순이 주제에 대체 어디 간 거야, 최아룡!”

시윤은 현관문에 등을 기댔다. 시윤의 눈에도 일렁거리는 한강 다리의 불빛이 들어왔다.

인쇄된 두 장의 사진을 손에 들고 기계 밖으로 나온 아룡이 사진 한 장을 포토월에 붙이고, 한 장은 주머니에 넣었다. 포토월에 붙은 자기 영정 사진을 쓸쓸히 바라보다 발길을 돌리던 아룡의 발이 전깃줄에 걸렸다. 아룡이 찍고 나온 즉석 사진기의 전원이 뽑힌 채 굴러다니고 있었다. 놀란 아룡이 흘깃 기계 안을 바라봤지만 '찍는 대로, 원하는 인생이 펼쳐집니다.' 문구는 그대로였다. 등줄기가 오싹해진 아룡이 뒷걸음질을 치며 빠르게 사진관을 빠져나왔다.

다시 한강으로 돌아온 아룡이 난간 위에 올라섰다. 강바람이 시원하게 아룡을 향해 불어왔다. 바람결에 일렁거리는 윤슬을 내려다보던 아룡이 나지막이 말했다.

"다시는 태어나지 말자."

화려한 불빛이 반짝이는 저녁 강물에 아룡이 몸을 던지려던 찰나였다.

풍덩!

아룡이 뛰어들려던 강물에 갑자기 물체 하나가 떨어졌다.

"아, 씨, 누구야! 누가 나보다 먼저 떨어지래?"

아룡은 벼르고 별렀던 기회를 가로채인 게 화가 나 발까지 구르며 제대로 짜증을 냈다.

"살려 주세요! 살려…."

앳된 목소리에 깜짝 놀란 아룡이 난간에 매달려 강물을 내려다봤다.

"뭐야, 애잖아?"

아룡은 재빨리 계단을 향해 달려 다리 아래로 내려갔다. 아룡은 순식간에 신발을 벗어 놓고, 신발 속에 핸드폰까지 껴 놓은 채 입수 자세를 취했다.

"어푸어푸, 어린이 수영단을 너무 오래 했어."

자신도 모르게 입수 자세를 취하는 모습을 알아차릴 새도 없이, 아룡은 바로 강물에 뛰어들었다.

화려한 불빛에 윤슬을 뽐내던 저녁 강물은 차가웠다. 강물의 유속이 빠르지 않아, 아이는 다행히 멀리 떠내려가지 않았다. 아룡은 아이를 향해 한 호흡 한 호흡 헤엄쳐 갔다. 가까이 다가가자, 아이는 다리 위에서 볼 때보다 더 작았다. 이제 예닐곱 살이나 될까 말까 한 남자아이였다. 아룡이 아이를 향해 손을 뻗었다. 아이도 아룡을 보고는 손을 뻗으려는 그때, 어디서 나타난 건지 갑자기 큰 소용돌이가 솟구쳐 올랐다.

'한강에 난데없이 소용돌이라니!'

의아함을 품기도 전에 아룡은 소용돌이에 아이가 휩쓸리기 전에 구해야 한다는 일념으로 아이에게 다가갔다. 아이가 소용돌이에 휩쓸리기 직전, 아룡이 아이의 손을 잡아채 물 위로 올렸다. 아이가 물을 내뱉으며 거친 숨을 몰아쉬는 것을 보고, 아룡은 안도했다.

그때였다. 소용돌이가 아룡을 향해 몰아쳐 와 아룡의 몸을 삼켜 버렸다. 아룡은 얼른 아이의 손을 놓았다. 아이마저 소용돌이에 휩쓸리게 둘 수는 없었다. 아룡의 몸이 아이와 멀어지며 물속으로 가라앉았다. 몸에 힘이 빠지고 정신이 몽롱해졌다.

'그토록 바라던 죽음의 순간인가.'

같은 시각, 동굴 속에서 깊은 삼매(三昧, 잡념을 떠나 오직 하나의 대상에만 정신을 집중하는 경지)에 빠져 있던 법산이 갑자기 눈을 떴다. 외부의 어떠한 충격에도 흔들리지 않을 만큼 고도로 집중한 명상의 상태에서, 법산이 물에 빠진 아룡을 보고는 눈을 뜬 것이었다. 살았는지 죽었는지 모를 해골의 몰골을 하고 있어도 법산의 눈빛만은 빛나고 있었다. 법산의 눈빛이 어두운 동굴 속을 비추는 단 하나의 반짝임이었다. 법산은 동굴에서 천 리는 떨어진 한강에서 갑작스러운 소용돌이가 일어나 아룡이 물에 빠져 허우적거리는 모습을 마치 카메라 생중계로 보듯 지켜봤다.

"위태롭구나."

법산은 물에 빠진 아룡의 생명이 위태롭다는 것인지, 10년 수행의 완성을 고작 100일 앞두고 흔들리는 자신의 수행이 위태롭다는 것인지 모를 말을 내뱉었다.

# S#5. 유체 이탈

아룡은 여전히 소용돌이에 빠져 요동치고 있었다. 아룡을 삼켰던 소용돌이는 이내 폭이 좁아지더니, 아룡을 거꾸로 뒤집었다. 아룡의 몸이 휙 돌아가, 머리를 아래로 한 채 밑바닥으로 빨려 들어갔다. 설상가상으로 소용돌이는 점점 좁아져, 아룡의 머리통이 꼭 끼어 옴짝달싹 못 할 지경이었다.

아룡은 숨이 막혔다. 물속이라 숨을 못 쉰 지는 꽤 됐을 텐데 이제야 숨이 조여 오는 것처럼 느껴졌다. 아룡의 머리는 좁은 소용돌이 아래쪽으로 점점 내려가고, 몸통은 아래위로 요동치는 물결에 휘저어졌다. 숨이 막혀 질식할 것 같은 순간, 커다란 강물이 밀려오더니 아룡의 몸을 아래로 밀어냈다.

그 순간, 아룡의 머리가 쑥 하고 좁은 소용돌이를 빠져나왔다.

아룡은 시뻘게진 얼굴로 가쁜 숨을 내뱉었다. 사방을 밝혀 놓은 밝은 빛에 눈이 부셔서 아룡은 소리를 질러 댔지만 귀에 들리는 것은 앙앙거리는 갓난아기의 울음소리뿐이었다. 아룡은 그 울음소리를 자기가 내고 있는 줄은 꿈에도 모른 채, 주위를 둘러보려 몸을 버둥거렸다.

막 아이를 낳은 젊은 여자가 침대에 누워 있는 게 보이는 듯했지만 시야가 흐릿했다.

'대체 여긴 어디? 난 누구?'

아룡이 망상 앱을 켤 새도 없이 몸을 버둥거렸지만 천으로 단단히 묶인 듯 움직여지질 않았다.

"왜 안 움직여져? 묶이기라도 한 거야? 눈도 안 떠지고!"

아룡이 소리를 질렀지만 아기 울음소리만 들렸다. 18살 아룡이 갓난아기의 몸에 갇혀 있으니 당연한 노릇이었다. 간호사가 갓난아기를 조심스럽게 젊은 남자에게 넘겨주었다. 남자는 세상에서 가장 귀한 보물 꾸러미를 받듯이 조심스럽게 아기를 받아 안고는 떨리는 목소리로 말했다.

"엄마 아빠 딸로 태어나 줘서 고마워."

아룡은 세상 불만 많은 목소리로 중얼거렸다.

"고맙긴! 태어나면 고생인데!"

남자는 아기를 안고 얼렀다.

"엄마는… 엄마는 나중에 보자."

"흥! 낳자마자 애 버리는 엄마가 있다더니, 딱 여기 있나 보네. 개고생하고 나왔더니 태어나자마자 버림받고, 너도 나 못지않구나."

아룡은 투덜거렸다.

간호사가 아기를 받아 안으려던 때였다. 남자가 아기를 뺏기지 않으려는 듯 꼭 안더니, “그래도 보여 주는 게 좋겠어요.” 하고 몸을 돌렸다.

여자는 코에 호흡기를 꽂은 채, 가슴을 부여안고 구역질을 하고 있었다. 의사와 간호사들이 여자의 주위를 둘러싸고 있어서, 아룡이 볼 수 있는 건 퉁퉁 부은 여자의 손뿐이었다. 손가락을 쥐었다 폈다 하지 못할 정도로 소시지처럼 부어 있었다. 자세히 보니, 여자의 손뿐만 아니라, 얼굴, 발목, 발가락, 보이는 데는 모두 피부 가죽이 터질 듯이 부어올라 있었다.

여자가 남자 품에 안겨 있는 아기를 발견하고는 힘겹게 손을 뻗었다. 남자가 여자에게 아기를 안겨 주자, 여자는 아기에게 젖을 물리려고 했다.

아룡이 깜짝 놀라 진절머리를 치며 입을 오므렸다.

“젖은 무슨! 시원한 민초를 달라!”

여자가 힘겹게 아룡의 입에 젖을 물렸다. 젖이 입에 닿자, 아룡은 갓난아기답게 본능적으로 젖을 빨기 시작했다.

"헐, 개맛있음!"

민트 초코를 찾던 18살 아룡이, 아니 아기 아룡은 쪽쪽 젖을 잘도 빨아 먹었다. 저녁 밥상에서 숟가락을 던지고 집을 나와 한강에 빠져 사경을 헤맸으니 배가 고플 만도 했다.

"따뜻해, 졸려."

아기 아룡이 여자의 품에 안겨, 남자의 따뜻한 시선을 받으며 잠으로 빠져들었다.

시끄러운 사이렌 소리와 함께 아룡이 잠에서 깼다. 아룡은 두 손부터 들어 봤다. 다행히 18살의 몸으로 돌아와 있었다. 몸이 돌아와 신이 난 아룡이 두 팔을 하늘 위로 뻗으며 주변을 돌아봤다. 아룡이 물에 뛰어들기 전에 벗어 놓은 신발이며 핸드폰이 그대로 있는 것으로 봐선, 한강 변이 분명했다.

"꿈이었나."

구급대원들이 응급 침대 위에 아이를 눕히는 광경이 보였다. 아룡이 구한 아이였다. 아룡이 놀라서 아이에게 달려갔다.

"너… 괜찮아?"

아이가 아룡을 보고 놀랐는지 말도 못 하고 고개만 끄덕거렸다. 아룡이 옆에 있는데도 구급대원들이 아룡을 보지 못한 듯 침대를 황급히 구급차로 옮겼다. 아룡은 아이가 살았다는 것에 안도했다. 아이가 실린 응급 침대가 멀어지고, 응급 침대 하나가 더 왔다. 시윤이 응급 침대로 달려들었다.

"진짜 내 몸에 위치추적 앱이라도 달아 놨냐?"

아룡은 시윤을 보자 반가우면서도 투덜댔다. 오늘 겪은 일을 죄다 이야기할 작정이었다. 시윤은 아룡의 말에 대답도 없이, 아룡에게 시선 한번 주지 않고 응급 침대에 매달렸다.

"아룡아, 죽지 마."

시윤은 아룡을 코앞에 두고, 응급 침대에만 눈길을 박

은 채 애원하듯 말했다. 아룡은 바로 앞에 서 있는 자신을 알아보지 못하는 시윤이 어이가 없었다.

"야, 나 안 죽었거든."

시윤은 여전히 응급 침대에 누워 있는 소녀를 붙잡고 울먹이고 있었다. 한 소녀가 산소호흡기를 쓰고 팔을 축 늘어뜨린 채 누워 있었다.

아룡은 떨리는 눈길로 시윤의 시선을 쫓아 소녀의 얼굴을 마주했다.

바로, 자신이었다.

평생 최아룡이 누구냐고 물으면 뭐라고 답해야 할지 고민하던 아룡이지만, 산소호흡기를 쓰고 누워 있는 소녀가 최아룡이라고 불리는 몸뚱이라는 것을 부인할 수 없었다.

구급대원들이 바쁘게 아룡의 몸을 구급차에 실었다. 시윤은 누워 있는 아룡의 손을 꼭 잡고는 구급차에 따라 탔다.

아룡은 멍하니 그 모습을 지켜봤다.

"나, 죽은 건가?"

아룡이, 정확하게는 아룡의 몸이 실려 있는 응급 침대가 응급실로 갔다. 응급실 안까지 쫓아 들어가려는 시윤을 의료진이 막아섰다.

아룡의 몸은 심장충격기에도 반응이 없었다. 뒤늦게 응급실에 도착한 명선이 아룡을 보고 얼굴이 하얗게 질렸다. 의사는 명선을 보고 고개를 가로저었다. 몸에 딱 붙는 원피스에 하이힐 차림의 명선이 무너지듯 쓰러졌다.

명선은 모든 게 다 자기 잘못인 것 같았다. 하지만 어디서부터 잘못된 건지 알 수 없어 멍했다. 그저 사춘기, 한때의 반항이라고 여겼는데 아룡이 자살 시도를 하다니…. 명선은 제 속으로 낳아 제 손으로 키운 제 딸이 스스로 목숨을 끊으려 했다는 현실이 믿어지지 않는 듯 정신을 잃었다.

그사이, 아룡의 몸은 중환자실로 옮겨졌다. 응급실 밖

에서 기다리던 시윤이 한 번이라도 더 아룡을 보고 싶어 했지만 허락되지 않았다.

아룡은 침대에 반듯하게 누워 있는 자기 몸을 내려다보고 있는 이 상황이 신기했다.

이게 말로만 듣던 유체 이탈인가.

아룡이 자기 손을 잡으려고 손을 뻗었지만 아무것도 잡히지 않은 채 통과됐다. 당황한 아룡이 이번엔 자기 몸을 안으려고 했지만 걸리는 것이 아무것도 없었다.

"뭐야, 이거? 원래 이런 거야? 죽어 봤어야 알지."

아룡은 자신이 죽음에 대해 아는 것이 없다는 사실을 깨달았다.

# S#6. 산 것도 죽은 것도 아닌 세계

응급실에서 깨어난 명선이 아룡이 있는 중환자실 복도로 달려와 참았던 눈물을 토해 냈다.

"아룡아, 아룡아…."

아룡은 엄마의 울음소리를 듣고 밖으로 나왔다가, 오열하는 명선과 넋 놓은 듯 주저앉아 있는 시윤을 발견했다. 우느라 명선의 얼굴이 엉망이 됐다.

"왜 울고 난리야. 그만 울어. 주름지잖아."

아룡은 명선의 눈물을 닦아 주고 싶었지만 할 수 없었다. 명선은 곁에 있는 아룡을 보지도 아룡의 목소리를 듣지도 못한 채, 가슴을 쥐어뜯으며 서러운 울음을 쏟아 냈다.

아룡이 시윤에게 다가갔다.

"넌 왜 그러고 앉았어? 나보다 이쁜 여자 만난다며?"

시윤은 눈에 초점도 잃은 채 멍하니 앉아 있었다.

아룡의 집 현관문을 등지고 한강 다리의 불빛을 본 순간, 시윤은 한강으로 달렸다. 혹시나 하는 불안감이 시윤을 아룡의 집으로 그리고 한강까지 향하게 했다.

아룡은 해가 지고 난 뒤, 한강 다리를 좋아했다. 정확히는 육중한 한강 다리의 철물 구조가 강물에 만들어 낸 그늘을 좋아했다. 시윤은 아룡이 버릇처럼, 늦은 저녁 한강 다리로 향하는 것을 알고 있었다.

시윤은 자신의 예상이 틀리기를 바라며 한강으로 향했지만 작은 물체 하나가 떨어지는 것을 보고 말았다. 시윤은 재빨리 신고했다. 그리고 제발 그 물체가 아룡이 아니기만을 바랐다. 그러나 한강 다리 아래에서 아룡의 작은 운동화와 핸드폰이 발견됐다. 이내 구급대원이 아룡을 물속에서 건져 냈다. 물에 빠졌던 어린아이는 시윤의 신고로 목숨을 구했다고 했다.

아룡은 갑갑한 마음을 달래려 병원 옥상 난간에 걸터앉았다. 아룡의 시야 밑으로 한가로운 야경이 펼쳐졌다. 몸이 없는데도 심지어 죽었는데도, 아룡은 가슴이 탁 막힌 것 같은 답답함을 느꼈다. 엄마가 저렇게 우는 것도, 시윤이 넋 놓고 앉아 있는 것도 다 자기 탓인 것 같았다. 죽고 나면 모든 게 끝인 줄로만 알았던 아룡은 죽음에 대해 한 가지는 확실히 알아냈다.

"죽어도 외로운 건 마찬가지구나."

아룡은 외로웠지만 아룡을 지켜보는 사람들은 무기력했다. 중환자실 복도에서 뇌사에 빠진 아룡이 깨어나기를 기다리는 것밖에 명선이 병원에서 할 수 있는 일은 없었다.

명선은 차를 몰았다. 아룡은 말없이 명선의 차 조수석에 탔다. 달리, 갈 곳도 할 일도 없었다.

명선은 눈물을 훔치다가 자책하듯 머리를 뒤흔들다가를 반복하면서 밤새 운전대를 잡았다. 몇 년 전, 아룡의 할머니에게 듣고서도 찾아가 보겠다고 생각지도 않았던 곳이었지만 아룡을 이대로 놓을 수 없다는 마음이 명선을 움직였다.

아룡은 말없이 명선을 지켜봤다. 어차피 자신이 어떤 말을 한들, 명선에게 가 닿지 못한다는 걸 알고 있었다.

한밤중, 명선의 차가 깊은 산 작은 암자 앞에 멈춰 섰다. 아룡은 아무리 봐도 길이라고는 보이지 않는 곳에 차를 세운 명선이 이해가 되지 않았다. 혹시 명선도 이상한 생각을 하는 것은 아닐까, 의심이 되기까지 했다.

명선은 핸드폰 손전등을 켜더니, 길도 없는 산에 길을 만들어 가며 오르기 시작했다. 미끄러지고 발을 헛디뎌

넘어지기를 수십 번, 기어이 명선은 산을 올랐다. 아룡은 온몸에 상처를 내며 구르고 깨지면서 산을 오르는 명선을 그저 바라보며 따라갔다.

해가 떠오르기 직전 어슴푸레한 새벽, 명선은 법산의 동굴 앞에 다다랐다. 목탁을 치며 도량석(새벽에 목탁을 두드리며 절의 이곳저곳을 도는 행위)을 돌던 행자가 명선을 보고 깜짝 놀라 다가왔다. 명선은 행자가 다가오든 말든, 무문관이라 적힌 동굴 앞에 주저앉아 목을 놓아 이름을 불렀다.

"민우 씨! 민우 씨! 민우 씨, 거기 있어?"

깜짝 놀란 행자가 명선을 몸으로 막아섰다.

"스님께서는 10년째 폐관 수행 중이십니다. 수행을 방해하시면 안 됩니다."

행자가 명선을 끌어내려 했지만 이대로 물러설 명선이 아니었다.

"민우 씨! 우리 아룡이… 아룡이 살려 줘… 제발."

울부짖음에 가까운 소리였다.

동굴 속에 앉아 있던 법산은 '아룡'이란 말에 천천히 눈을 떴다.

"뭐야, 이 귀신은?"

아룡이 법산의 코앞에 서서 법산을 내려다봤다.

법산은 아룡의 눈을 지긋이 바라봤다.

법산과 눈이 마주치자 깜짝 놀란 것은 아룡이었다. 아룡은 법산의 눈앞에 대고 손을 흔들어 보였다.

"나 보여? 에이, 안 보이지?"

법산이 콧김을 훅 부니, 수년간 법산의 얼굴에 붙어 있던 먼지가 훅 하고 아룡에게 뿜어졌다. 3년 만에 법산이 처음 내쉬는 숨이었다.

아룡이 놀라서 뒤로 자빠졌다.

울다 지친 명선은 동굴 앞에 넋을 놓고 앉아 있었다. 행자가 명선에게 냉수 한 잔을 내밀었다. 밤새 물 한 모금 못 마시고 산을 오른 명선이 바싹 말라 허옇게 일어난 입가에 물을 적셨다.

명선이 물 마시는 것을 보고 아룡도 목이 말라 혀로 입술을 축였다. 손에 잡히는 게 없으니 물을 마실 수도 없는 노릇이었다.

법산은 아룡이 물에 빠지는 순간부터 자기 눈앞에 나타난 순간까지, 꼬박 이틀을 선택의 갈림길에 서 있었다. 동굴에 들어오기 한참 전에 끊어 낸 인연이었다. 수행의 완성을 한 치 앞에 두고, 사사로운 인연에 흔들리는 것은 수행을 망치는 마구니(해탈을 하지 못하게 막는, 우리 마음속에 일어나는 온갖 번뇌)에게 놀아나는 것과 다름없었다.

하지만 아룡을 본 순간, 법산은 고민의 겨를도 없이 호흡을 들이켰다.

법산은 굳은 몸을 풀기 위해 천천히 손가락을 움직였다. 우두둑 뼈가 부딪히는 소리가 들렸다. 다시 기를 돌게 해 몸을 쓸 요량이었다. 손가락 하나하나를 움직이기 시작한 법산은 공을 들여, 손목, 어깨, 목, 다음엔 발가락, 발목, 무릎을 폈다. 해 뜨기 전에 시작한 법산의 몸풀기가 해가 질 때까지 이어졌다.

한여름의 긴 해도 저물고 노을 녘이 될 무렵, 법산이 힘겹게 바위를 밀었다. 바위가 밀리는 소리에 하루 종일 동굴 앞에 주저앉아 있던 명선이 놀라서 벌떡 일어났다. 명선 옆에서 줄지어 기어가는 개미 떼를 구경하고 있던 아룡도 덩달아 일어났다. 행자가 놀라서 바위 앞으로 다가갔다.

법산이 바위 문을 열고 해골에 거죽만 붙은 몰골로 나타났다. 법산을 본 행자는 금세라도 울 것 같은 표정이었다. 10년 수행을 완성하고 생불이 되기 직전인데, 스스로 무문관을 나온 법산을 도저히 이해할 수 없었다.

법산은 처음 몇 걸음은 휘청거리더니 이내 안정을 찾고 걸었다. 아룡이 법산의 뒤를 졸졸 따라갔다.

"생불이 뭐예요? 살아 있는 부처? 아저씨, 내 말 들리는 거 맞죠? 나 보이죠?"

아룡은 자기 모습을 보고 자기 말을 들을 수 있는 사람이 있다는 것만으로 신이 나서, 갓 말을 배운 아이처럼 질문을 해 댔다.

법산은 곧장 마당에 있는 수돗가로 향했다. 시퍼런 칼을 손에 쥐고는 귀신처럼 자란 머리를 쓱쓱 밀어 내고, 큰 가위로 손톱과 발톱도 잘라 냈다. 행자가 법산 옆에서서 흰 수건을 내밀었다.

승복을 갖춰 입은 법산이 노스님 앞에 무릎을 꿇고 앉았다.

"죄송합니다, 스승님. 사사로운 인연에 공부를 다 마치지 못하고 나왔습니다."

법산이 노스님을 향해 머리를 숙여 절했다. 10년 공부를 100일 앞두고 수행을 깨고 나온 제자에게 노스님은 태연히 복숭아를 건넸다.

"이 화상은 지가 다 익은 줄도 모를 거야."

법산은 잘 익은 복숭아를 두 손으로 받아 들고, 노스님의 방을 나왔다.

법산의 방은 깨끗이 치워져 있었다. 노스님은 법산이 100일을 다 못 채우고 나올 걸 미리 알았다는 듯이 행자에게 방 청소를 해 두라 일렀었다. 행자는 노스님이 진짜

미래를 보는 것은 아닐까, 잠시 생각하다 '그럴 리가….' 하며 고개를 저었다.

법산이 작은 찻상을 앞에 두고 울음기가 남아 있는 명선과 마주 앉았다.

"미안해요. 달리 방법이 없어서…."

명선이 먼저 입을 뗐다. 자신 때문에 10년 수행을 마무리 짓지 못하고 나온 법산에게 큰 죄를 지은 심정이었다. 하지만 명선에게는 그 무엇보다 아룡이 먼저였다.

"우리 아룡이 살려 줘요. 의사가 뇌사라는데 아무 방법이 없대요. 당신은… 당신은 무슨 방법이 있을까 해서 왔어요."

명선이 손으로 눈물을 훔쳤다. 현대 의학이 못 하는 걸 법산이 해낼 수 있을까 의심쩍었지만, 중환자실에 누워만 있는 아룡을 그저 바라볼 바에야, 뭐라도 해 보자 싶었다.

그렇다고 진짜 법산이 10년 수행을 깨고 나올지는 명선도 예상하지 못했다. 그저 애타는 엄마의 마음을 알아는 주겠지 하고 찾아왔는데, 아룡이라는 말에 법산이 동굴을 제 발로 나오다니 명선은 믿기지 않았다.

아룡은 법산과 명선 사이에 놓인 찻상 앞에 쪼그려 앉았다가 방 구석구석을 돌아다니며 법산의 살림살이를 둘러보고 있었다.

"어험…."

법산이 아룡을 향해 가만히 있으라는 눈짓을 했다. 아룡이 법산의 눈짓에 심통 난 아이처럼 입을 삐죽 내밀었다.

달이 밝은 밤이었다. 명선이 차를 타고 시동을 걸었다. 아룡도 따라서 조수석에 타려는 참이었다.

"이리 오너라."

법산이 처음으로 아룡에게 말을 걸었다.

"나?"

아룡이 자신에게 손가락질하며 자기를 부른 게 맞는지 확인했다.

법산이 방으로 들어가자, 아룡이 법산을 따라 들어갔다. 그사이 명선의 차는 암자에서 멀어져 갔다.

아룡과 마주 앉은 법산은 스승에게 받은 복숭아를 아룡에게 건넸다. 아룡이 복숭아를 손에 쥐었다.

"어, 이게 왜 잡히지?"

신기하게도 복숭아가 손에 잡혔다.

"먹거라."

쭈뼛거리던 아룡은 복숭아를 한입 베어 물었다. 상큼한 복숭아 과즙이 입안에 감돌았다. 법산이 복숭아를 먹는 아룡을 유심히 바라봤다.

"왜요? 왜 그렇게 봐요?"

아룡은 자신을 빤히 바라보는 법산의 시선이 불편했다.

"복숭아를 먹는 것을 보니, 아직 완전히 죽은 건 아니구나."

"나 안 죽었어요?"

"제사상에 복숭아 올리는 것을 본 적 있느냐?"

"우리 집은 제사 안 지내는데요."

법산은 아룡과 대화하는 것이 쉽지 않으리라 짐작했다.

"복숭아는 양기가 가장 많은 과일이다. 음기로 가득 찬 죽은 자들은 가까이할 수 없지."

"그래서, 나 먹나 못 먹나 보려고 이거 준 거예요?"

아룡이 감정 상한 듯, 손에 든 복숭아를 떨떠름하게 바라봤다.

"배가 고프지 않느냐?"

법산이 달래듯 말했다. 배가 고픈 걸 다시 떠올린 듯이 아룡이 남은 복숭아를 베어 물었다.

"근데 아저씨는 왜 내가 보여요? 다른 사람들은 날 보지도 목소리를 듣지도 못하는데?"

"시간이 얼마 없다. 벌써 이틀 지났으니, 이제 5일 남았구나. 이생으로 돌아가려면 서둘러야 한다."

"누가 돌아간대요?"

아룡은 이생으로 돌아갈 생각이 추호도 없었다. 엄마

와 시윤이 슬퍼하는 건 안타까웠지만 그렇다고 다시 예전으로 돌아가고 싶지는 않았다. 자신이 완전히 죽은 것이 아니라니, 법산의 말이 혼란스러울 뿐이었다.

"넌 지금 중음(中陰)의 세계에 빠진 거다. 온전히 죽지도 온전히 살아 있지도 않은 거지. 육체와 분리되고 7일이 지나기 전까지 몸으로 돌아가지 못하면 이생으로 돌아올 수도, 다시 몸을 받고 태어나지도 못한다."

법산은 아룡에게 상황을 설명하고, 이생으로 돌아갈 방법을 함께 찾아볼 생각이었다. 법산도 거기까지는 알지 못했기 때문이다. 그런데 예상외의 난관에 부딪혔다.

"그, 러, 니, 까, 누가 다시 돌아가고 싶대요?"

"자귀(自鬼)가 되어 영영 구천(九泉)을 떠돌겠다는 거냐?"

아룡은 처음 듣는 말투성이였다. 자귀에 중음에 한자어투성이여서 알아들을 수가 없을 지경이었다.

학교에서도 안 배우는 한자를 죽어서 다 공부하게 생겼네, 아룡은 어이가 없으면서도 법산에게 눈과 귀를 집중했다. 지금 무슨 일이 벌어지는지 달리 알아낼 방도가 없어 보였다.

법산이 벽에 걸린 삼악도(三惡道, 악한 사람이 죽어서 가는 세 가지의 괴로운 세계. 지옥도, 축생도, 아귀도를 말함)를 가리켰다. 지옥도에는 불에 그을리고, 물에 베이는 지옥의 모습이 한눈에 펼쳐져 있었다. 동물로 태어나 자신의 의지와 상관없이 살아가는 축생도나, 바늘귀만 한 목구멍을 가지고 태어나 배가 고파도 물 한 모금 삼키지 못하는 아귀도도 지옥도만큼 끔찍하기는 마찬가지였다.

"자살한 영혼들은 삼악도에 떨어질 것이 두려워, 이생을 떠나지 못하고 구천을 떠돈다. 형체도 기억도 점점 지워지고, 사람이었는지 짐승이었는지 기억도 못 하는 자귀, 자살귀가 정녕 되고 싶은 것이냐?"

무시무시한 삼악도를 보고 난 뒤라, 아룡은 겁을 먹었지만 내심 아무렇지 않은 척 큰소리를 쳤다.

"내가 뭘 잘못해서 삼악도?"

"생명을 죽여 놓고는 죄가 아니란 말이냐?"

"남을 죽인 것도 아니고, 내 목숨 내가 끊겠다는데 자살도 죄예요?"

아룡은 정말 억울했다. 아룡은 살면서 어떤 생명이든 함부로 죽여 본 적이 없었다. 심지어 한여름의 모기에게도 전기 파리채를 휘두르는 건 잔인하다고 생각하는 아룡이었다.

자기 목숨을 자기 맘대로 하는 것도 잘못이라니, 법산의 말이 영 믿기지 않았다.

"남의 목숨이든 나의 것이든, 생명을 끊은 것은 살생이다. 너는 살인죄를 지은 게야! 어찌 이리 어리석을 수가…."

법산이 호통을 치자, 아룡이 발끈했다.

"호래자식이라서 그래요!"

법산이 아룡의 말에 놀라 말문이 막혔다.

"호래자식 몰라요? 막되게 자란 아빠 없는 애."

법산이 입술을 꾹 다물었다. 법산이 말이 없자, 아룡은 더 심통이 났다.

“갈래요! 복숭아 하나에 이 정도 설교 들어 줬으면 난할 만큼 했어요.”

아룡이 주먹을 쥐고 벌떡 일어났다.

## S#7. 내 제사상에는 떡볶이

산에서 내려온 아룡은 길거리를 헤맸다. 허기져 눈이 푹 들어가고 휘청대는 모습이 거지꼴이 따로 없었다.

죽은 것도 산 것도 아닌 거지라니….

아룡은 죽고 나면 다 끝인 줄 알았는데 자신이 이 꼴이라는 게 어이가 없었다.

아룡은 늘 죽음을 동경했지만 죽음의 과정에 대해 아는 것은 하나도 없었다. 죽으면 모든 게 다 끝일 줄만 알았다. 그렇다고, 죽음을 무를 생각은 없었다. 법산의 말대로라면 앞으로 4일만 지나면 아룡은 완전히 죽을 터였다. 아니, 자귀가 된다고 했나. 그게 뭐든 아룡은 다시 살고 싶은 마음은 하나도 없었다.

"배고파. 죽어도 배가 고프네."

걸을 힘도 없는 아룡이 마라탕 음식점 유리 통창 너머로 사람들을 쳐다보며 침을 꿀꺽 삼켰다.

아무도 자신을 보지 못하는 것이 다행이라고 생각한 순간, 유모차에 탄 갓난아기가 창문 너머 아룡을 보고 울음을 터뜨렸다. 옆에 있던 개도 아룡을 향해 날카롭게 짖어 대기 시작했다.

갓난아기와 개의 눈에는 아룡이 보이는 듯했다. 아룡이 놀라 뒷걸음질 치며, 얼른 유리창에서 멀어져 도망을 갔다.

한참을 고개를 땅에 박다시피 하고 힘없이 걷던 아룡이 익숙한 냄새에 고개를 번쩍 들었다. 떡볶이였다.

아룡은 또 누가 볼세라, 떡볶이 가게에서 멀찌감치 떨

어져서 주인아줌마가 떡을 젓는 것을 하염없이 지켜봤다. 아줌마가 잠시 자리를 뜬 순간, 아룡이 얼른 다가가 떡 하나를 먹으려고 했지만 포크가 잡히지 않았다. 마음이 급해진 아룡은 맨손으로 튀김 하나라도 집어 보려고 했지만 마찬가지였다.

"엄마 말 들을걸. 먹고 죽은 귀신이 때깔도 좋다는 말 맞네."

아룡은 풀썩 주저앉았다. 서 있을 힘도 없었다.

그때 저 멀리서 법산이 도포 자락을 휘날리며 축지법을 쓰듯, 성큼성큼 다가오는 것이 보였다.

"배가 고파서 헛것이 다 보이나."

아룡이 눈을 비비는 사이, 법산이 아룡 앞에 다다랐다.

"맞죠, 아저씨? 나 헛거 본 거 아니죠?"

법산이 고개를 끄덕였다.

"근데 나 만나러 온 거예요? 나 여기 있는 거 어떻게 알았어요?"

"마음을 비우면 보인다."

"아, 뭐래? 차라리 위치추적 앱을 달았다고 해요."

아룡은 법산의 대답에 짜증이 솟구쳤지만, 떡볶이를 주문해 아룡 앞에 놓아 주자 눈물이 날 정도로 기뻤다. 순식간에 손바닥 뒤엎듯 바뀌는 게 기분이란 놈이었다.

"맛있어!"

기다란 가래떡 떡볶이를 한입 가득 넣고 오물거리며 아룡이 흥얼거리듯 말했다.

"매워!"

아룡이 입을 벌리고 손바람을 불었다. 법산이 아룡의 말이 떨어지기 무섭게, 정수기에서 물을 떠 와 아룡에게 내밀었다. 물을 벌컥벌컥 마신 아룡은 떡볶이 한 접시를 다 비울 때까지 '맛있어!'와 '매워!'를 반복했다.

"근데 아깐 안 됐는데 왜 지금은 되지?"

아룡이 손에 쥔 포크를 보며 의아해했다.

"영혼은 산 사람이 먹으라고 준 것만 먹을 수 있다."

"아, 뭐야? 거지도 아니고."

기분이 상한 아룡이 포크를 확 내려놓았다.

"그래서 제사도 지내고 차례도 지내는 거 아니겠니?"

"내 제사상에는 떡볶이 올려 주면 좋겠다."

"이게 그리 맛있냐?"

"여기, 아빠랑 같이 다니던 데예요. 아빠 얼굴은 기억이 안 나는데 이 떡볶이집은 기억나요."

아룡이 낡은 떡볶이집을 둘러봤다.

6살 꼬마 아룡이 아빠와 마주 앉아 떡볶이를 먹고 있었다. 아룡의 아빠가 떡볶이를 호호 불어 아룡의 입에 쏙 넣어 주었다. 아룡이 신이 나는지 발을 앞뒤로 흔들며 오물오물 떡볶이를 씹었다.

"아빠, 물."

아룡의 말에 아빠가 아룡의 입에 물컵을 대 줬다. 꿀꺽꿀꺽 물을 마시는 꼬마 아룡이 사랑스러운지, 아빠가 물을 다 마신 아룡의 입을 살뜰히 닦아 줬다.

"이게 그렇게 맛있어?"

"응! 아빠랑 먹으니까 더 더 더 맛있어!"

아룡의 이야기를 들은 법산의 눈가가 촉촉해졌다.

“왠지 배가 고플 때도 마음이 고플 때도 떡볶이가 먹고 싶더라고요.”

아룡은 자신이 배의 허기는 떡볶이로, 마음의 허기는 아빠와의 추억으로 채운다는 걸 알고 있었다.

음식에도 감정이 새겨 있고, 추억이 묻어 있었다. 엄마가 출근 준비로 바쁜 아침에도 아룡의 밥상에 꼭 올려 주는, 파를 종종 썰어 넣은 계란국은 엄마의 정성이었다. 아빠가 호호 불어 입에 넣어 주던 떡볶이는 아룡을 향한 아빠의 사랑이었다.

법산은 아룡의 담담한 말에 애써 감정을 지우려고 고개를 숙였다.

법산은 떡볶이집에서 사 온 슬러시를 아룡에게 내밀었다. 아룡이 거절의 의미로 고개를 젓자, 법산이 슬러시를 다시 자기 쪽으로 가져왔다.

길을 걷던 사람들이 법산을 피해 가기 시작했다. 사람

들 눈에는 아룡이 보이지 않으니, 법산이 혼자 슬러시를 들고 왔다 갔다 하는 걸로 보였다. 머리를 파르라니 깎은 스님이 혼자 슬러시를 들고 오락가락하는 게 이상해 보일 터였다. 아룡이 법산을 바라보는 사람들의 시선을 느꼈다.

"따라와요."

아룡이 발걸음을 재게 해 빨리 걸었다.

"왜 그러느냐?"

눈치 없는 법산의 물음에 아룡은 마음이 급해졌다.

"사람들이 쳐다보잖아요. 아무 말 말고 따라와요."

아룡의 말에 법산이 앞서가는 아룡을 잠자코 따라갔다.

아룡이 그네에 앉았다. 놀이터로 법산을 데리고 온 것은 사람들의 시선을 피하기 위해서였다. 법산이 아룡의 옆 그네에 나란히 앉았다. 이번에도 사람들 눈엔 두 개의 그네가 흔들거리는 걸로 보이겠지만, 아이들이 학교나

학원에 가 있을 시간에 놀이터를 지켜보는 눈은 없었다.

“하고 싶은 일은 없느냐? 이생에 남아서 하고 싶은 일 말이다.”

법산은 아룡의 마음을 돌려 보려고 말을 꺼냈다.

“없어요. 떡볶이도 먹었겠다, 뭐.”

쿨해도 너무 쿨한 아룡의 대답에 법산은 대화의 방향을 바꿨다.

“어떻게 영혼이 나가게 된 건지 기억나느냐.”

아룡이 고개를 저었다. 그날 일은 기억이 뒤죽박죽이었다. 갑자기 갓난아기로 태어났다가 다시 깨어 보니 몸이 영혼과 분리됐다가….

“하나씩 되짚어 보자꾸나.”

아룡이 곰곰이 그날의 일을 떠올리려고 했지만 전생의 일처럼 아득했다. 굳이 따지자면 전생이 맞긴 했다.

“마지막 기억나는 일이 무엇이냐.”

“물에 빠졌다 눈 떠 보니까, 몸이랑 분리돼 있었어요.”

“그 전엔?”

"그 전엔… 아! 네 컷! 네 컷 찍었어요."

아룡은 자신이 네 컷 프레임 사진관을 생각해 낸 것이 뿌듯해서 목소리가 커졌다.

"네 것? 네가 네 것이지, 누구의 것이냐?"

"아니, 네 컷!"

답답한 아룡이 가슴을 쳐 댔다. 아룡도 법산과 대화하기가 쉽지는 않다는 것을 깨달았다.

# S#8. D-3. 영정 사진의 비밀

아룡은 법산을 네 컷 프레임 사진관으로 데려갔다. 법산은 포토월에 붙여 놓은 아룡의 영정 사진을 보고 깜짝 놀랐다.

"이건 영정 사진이 아니냐?"

"죽기 전에 영정 사진 찍으러 왔는데 찍고 나니 죽을 일이 생기더라고요. 찍는 대로 펼쳐진다더니, 그런 건가."

법산은 영정 사진에 이상한 기운이 서려 있음을 알아차렸다.

"자세히 말해 봐라."

"그게 다예요."

헤어질 때가 되자, 아룡이 몸을 배배 꼬며 법산의 눈치를 봤다.

"근데 우리 또 언제 봐요?"

"내가 보고 싶을 것 같으냐?"

법산이 흐뭇해하며 물었다.

"그게 아니라, 아무리 간헐적 단식이래도 하루 한 끼는 먹어야죠!"

아룡은 법산이 아니면 자신을 돌봐 줄 사람이 없다는 걸 알았다. 갓난아기나 개가 알아본다 해도, 자신에게 떡볶이를 사 줄 사람은 법산밖에 없어 보였다.

"우리 어떻게 연락해요?"

"온 마음을 다해서, 보고자 하면 보이기 마련이다."

NECUT PHOTO

아룡은 법산의 뜬구름 잡는 소리가 마음에 들지 않았다.

“또 그 마음 타령! 텔레파시도 아니고! 핸드폰 없어요?”

“있어도 쓸 수 없는 건 네가 아니냐?”

아룡은 법산의 팩트 폭격에 갑자기 뾰로통해졌다.

“눈을 감고 호흡에 집중해 보거라. 들숨, 날숨. 숨이 코로 들어가 배를 부풀렸다가 다시 코로 나오는 단순한 행위에 집중하다 보면 무엇에든 온전히 마음을 기울일 수 있을 것이다.”

법산은 천천히 기본부터 설명했다. 아룡은 울화통이 터졌다.

“그게 지금 죽은 사람한테 할 말이에요? 몸이 없는데 어떻게 숨을 쉬어요?”

“몸이 없는데도 지금 말하고 있지 않느냐. 숨이라고 못 쉴 이유가 있느냐.”

“그러네.”

발끈했던 아룡이 법산의 말을 듣고 단박에 수긍했다.

아룡은 의자에 앉아 법산이 말하는 대로 눈을 감고 호흡에 집중했다. 들숨, 날숨, 들숨….

손님이 들어왔는지 주변이 소란스러워졌다. 아룡은 곧 집중을 잃고, 실눈을 뜨고 주위를 둘러봤다.

법산은 영험한 기운을 뿜는 아룡의 영정 사진 앞에 자리를 잡고 앉아 눈싸움하듯 사진 속 아룡의 두 눈을 응시했다. 영정 사진 속 아룡이 법산의 시선을 피하려는 듯 눈살을 찌푸렸다. 법산이 눈에서 빛을 뿜으며 뚫어져라 쳐다보자, 사진 속 아룡의 두 눈 사이 '제3의 눈'이 조금씩 열리기 시작했다. 아룡의 두 눈 너머 세상이 열린 것이었다.

그때였다.

"아저씨, 정신 병원 끌려갈 각."

아룡의 한마디에 법산이 집중을 흐트러뜨리자, 제3의 눈이 도망가듯 자취를 감췄다.

"정신 병원?"

법산이 무심코 아룡의 말을 따라 했을 뿐인데 정신 병원이란 말에 사진을 찍으러 온 여고생들이 법산을 이상한 사람 보듯 피해 갔다.

아룡은 법산을 이대로 둬서는 안 되겠다고 생각했다.

“우리 집에 가요. 내 방, 책상 위에 저런 거 있어요.”

법산은 아룡이 가리키는 것을 봤다. 사람들 귀에 꽂힌 이어폰이었다.

“그거 꽂고 다녀요. 그럼, 사람들이 이상하게 보지 않을 거예요.”

법산은 아룡의 집으로 향했다.

멍하니 소파에 앉아 넋을 놓고 있던 명선의 몰골이 말이 아니었다. 며칠은 씻지 않은 얼굴과 떡 진 머리에, 다 늘어진 옷에는 그동안 흘린 눈물, 콧물이 얼룩져 있었다. 끼니를 소주로만 때운 듯, 전기밥솥 코드는 뽑혀 있고 굴러다니는 소주병만 어지러웠다.

법산을 따라온 아룡은 엄마가 자신이 죽기 전보다 더

엉망인 것을 보고 속이 상했다.

“나만 없으면 잘 살 줄 알았더니!”

핸드폰이 울렸지만 명선은 울리는 핸드폰을 손에 들고 쳐다보다 냅다 던져 버렸다. 명선은 꾹꾹 눌러 왔던 울음을 터뜨렸다.

“엄마가 미안해, 아롱아. 엄마가 아롱이 맘 몰라줘서 미안해. 그렇게 힘든 줄도 모르고… 엄마는 그냥 아롱이한테… 좋은 새아빠 만들어 주고 싶었는데… 엄마가… 다… 미안해. 엄마가 못나서… 엄마 때문에 아롱이 너까지….”

명선이 자기 뺨을 세게 쳤다. 깜짝 놀란 아롱이 명선을 말리려고 명선의 손을 잡았지만 소용이 없었다. 명선은 연거푸 제 뺨을 세게 쳤다.

“내가… 내가 죽어야 하는데!”

“내가 바랐던 건 좋은 엄마였지, 새아빠는 아니었어.”

아롱은 눈물을 흘리며 명선에게는 들리지 않을 진심을 전했다.

"나도 미안해. 내 맘대로 죽어 버려서 미안해, 엄마."

아룡은 집을 나가기 전 엄마와 나눴던 대화를 떠올렸다.

"엄마, 나 낳을 때 힘들었어?"

아룡은 그제야 엄마가 멈칫하던 이유를 알 것 같았다. 소용돌이에 빠져 사경을 헤매다 태어난 것은 바로 최아룡, 자신이었다. 온몸이 퉁퉁 부어 누워 있던 젊은 여자가 엄마였다는 걸 아룡은 지금에서야 깨달았다. 죽음의 순간, 탄생의 과정을 기억해 낸 것이다.

"거짓말. 별로 안 힘들긴… 죽을 뻔했으면서…."

아룡은 눈물을 삼키며 집을 뛰쳐나갔다. 몸이 없는 자신은 더 이상 엄마와 말싸움을 할 수도, 우는 엄마를 말릴 수도 없다는 것이 가슴 아팠다.

현관문 앞에 서 있던 법산은, 눈물을 훔치며 달리는 아룡을 잡지 않았다.

법산이 조심스레 초인종을 눌렀다. 명선이 법산에게 아룡의 방 문을 열어 줬다. 법산이 아룡의 책상에 앉았다.

아룡의 이어폰은 아룡 말대로 책상 위에 놓여 있었다.

법산은 아룡의 방을 둘러봤다. 책상 옆에 달린 책장에 낡은 사진첩이 꽂혀 있었다. 법산은 사진첩을 꺼내 한 장씩 넘겨 보다, 꼬마 아룡이 유치원에서 만든 종이 카네이션을 보고 손을 멈췄다. 카네이션 밑에 삐뚤빼뚤한 글씨로, '아빠 꺼'라고 쓰여 있었다. 다음 장에는 명선과 둘이 찍은 아룡의 유치원 졸업 사진이 나왔다. 아룡은 사진 속에 없는 아빠를 사인펜으로 그려 넣었다.

법산은 가슴이 먹먹해졌다.

시윤은 매일 아룡의 병실에 찾아갔다. 중환자실에 있는 아룡을 직접 볼 수는 없었지만 매일 보던 아룡이 없는 일상을 병문안으로라도 대신하고 싶었다. 그래야 아룡이 다시 자신에게 돌아올 것만 같았다.

아룡은 병실에 들렀다 시윤과 마주쳤다. 아니, 일방적으로 시윤을 바라봤다. 아룡은 시윤의 작은 동작 하나까지 지켜봤다. 시윤은 복도에 있는 긴 의자에 앉아 태블릿에 적어 온 이야기들을 마치 아룡에게 보여 주듯 천천히 넘겼다.

"결말을 어떻게 해야 할지 모르겠어. 한강에 사는 핑크용을 아이가 발견한 다음에, 이 아이가 뭘 할지 말이야. 니 생각은 어때?"

시윤은 진짜 아룡이 듣는다고 생각하는지 아룡이 정말 옆에 있는 것처럼 물었다.

아룡은 자신이 시윤을 이렇게 오래 바라본 적이 없었다는 걸 알아차렸다. 그리고 어쩌면 시윤은 자신을 늘 이렇게 바라봐 주고 있었던 것은 아닐까 생각했다.

시윤은 태블릿을 가방에 넣은 뒤, 검은 비닐봉지에 담아 온 아이스크림을 꺼냈다. 점심시간 때마다 시윤이 아룡에게 건네던 아이스크림바였다.

시윤이 아이스크림 껍질을 벗겨 냈을 때였다. 지나가던 간호사가 시윤을 제지했다.

"아, 제가 먹을 거 아니에요. 친구 거예요."

시윤의 말에 간호사가 의아해하며 지나갔다.

"바보."

아룡의 목소리가 다시 물기에 젖었다.

아룡이 시윤 옆에 앉아 시윤이 들고 있는 아이스크림을 한입 베어 물었다. 아룡을 위해 사 온 아이스크림이어서인지 아룡이 입을 대도 통과되지 않았다. 아룡은 시윤의 따뜻한 마음을 느끼며 차가운 아이스크림을 달게 먹었다.

"고마워, 강시윤."

법산은 아룡의 이어폰을 귀에 꽂고 놀이터로 돌아왔다. 아룡은 법산 앞에서 눈물을 보였던 것이 부끄러워 외려 반갑게 손을 흔들었다.

"기분이 좋아 보이는구나."

"먹을 복이 터진 날이거든요!"

아룡은 법산을 데리고 치킨집으로 향했다. 아룡은 반반 치킨을 시켜 놓고 야무지게 닭 다리를 뜯었다.

"여기, 오백 하나요!"

아룡은 지나가는 종업원에게 말했다. 물론 들릴 리 없지만.

"여기, 맥주…."

법산이 어렵사리 말을 꺼냈다. 회색 법복을 입은 스님이 혼자 치킨과 맥주잔을 앞에 두고 있는 모습이 생경해 보였다. 그러거나 말거나 아룡은 먹고 마셔 댔다.

"술을… 마셔 본 적 있느냐?"

법산은 아룡이 맥주를 벌컥벌컥 들이켜는 것을 보고 물었다.

"아뇨. 술은 어른한테 배우는 거라는데 그럴 기회가 없었거든요."

아룡이 자못 당당하게 답했다.

"그래서! 죽어서라도 배우려고요!"

법산이 빨갛게 취기가 오른 아룡의 얼굴을 난감하게 바라봤다.

열기가 식은 한여름의 밤은 시원했다. 아룡은 법산의

등에 업혀 두 발을 앞뒤로 흔들었다. 마음이 편하고 신이 날 때면 발을 흔드는 게 아룡의 버릇이었다. 법산은 아룡을 등에 업은 채 아룡의 발이 앞뒤로 흔들리는 것을 느끼며 천천히 걸었다.

"근데 울 엄마랑 무슨 사이예요? 전 남친? 아니면… 전전전 남친?"

아룡의 질문에 법산은 갑자기 발걸음을 멈추더니 아룡을 툭 바닥에 내려놓았다. 그 바람에 아룡이 땅바닥에 엉덩방아를 찧었다.

"왜 말도 안 하고 사람을 놔 버려요? 아, 나 사람 아니지… 어쨌든."

"내가 니 아비다."

씩씩거리던 아룡은 말문이 막혔지만 이내 털고 일어났다.

"아임 유어 파더(I'm your father)."

아룡이 법산을 놀리듯 영화 대사를 과장되게 흉내 냈다.

"웃기지도 않아. 귀신 웃기는 스님이네."

아룡은 법산의 말이 믿기지 않았다.

"우리 아빠라는 증거를 대 봐요. 내가 아무리 기억이 없다고, 아빠를 못 알아봤다고? 말도 안 돼."

"니 이름… 최아룡."

"그거야, 뭐, 엄마가 부르는 거 보고 알 수도 있으니까."

"나 아(我), 용 룡(龍), 내 꿈에 용이 한강에서 솟구쳐 올랐다. 그래서 아룡이라 지었지."

진지하다 못해 진실된 법산의 눈빛에 아룡의 얼굴에서 점점 웃음기가 지워졌다.

"민우 씨!"

아룡은 동굴 앞에서 명선이 법산을 부르던 이름을 떠올렸다. 친권마저 포기한 아빠는 서류에서조차 흔적을 남기지 않았다. 아빠를 그리워했지만 아빠의 이름도 얼굴도 아룡에게는 흐릿했다. 그저 아빠를 떠올리면 느껴지는 따스함만이 아빠에 대한 기억이었다.

갑자기 아룡이 법산에게 다가가 발길질해 대기 시작했다.

"겨우 6살이었다고! 태어나 줘서 고맙다고 할 땐 언제고, 왜 버린 건데! 왜! 왜!"

아룡은 분을 못 이긴 얼굴로 법산에게 발길질해 댔다. 법산은 분명 아플 텐데도 분노에 찬 아룡의 발길질을 말없이 받아 냈다. 아룡이 스스로 발길질을 멈출 때까지.

"버린 게 아니다. 다른 길을 간 게지."

법산의 목소리는 냉정하게 느껴질 정도로 담담했다.

"다른 길? 누구 맘대로? 6살짜리가 허락이라도 했단 거야?"

아룡이 냉소적으로 묻자, 법산이 눈빛으로 '그렇다.'고 답했다.

"내가?"

아룡은 법산의 말을 믿을 수가 없었다.

아룡의 아빠가 집을 떠나기 며칠 전이었다. 명선은 아

룡 아빠의 속마음을 안 뒤부터 마음이 놓이지 않았다. 유치원복을 차려입은 아룡의 머리를 곱게 땋으면서, 명선이 아룡에게 당부했다. 아룡 아빠를 붙잡을 방법은 아룡이밖에 없어 보였다.

"아룡아, 혹시라도 아빠가 어디 간다고 하면 절대 안 된다고 해. 너랑 엄마랑 계속 살자고, 알았지?"

아룡이 대답하지 않자, 명선은 아룡을 돌려세워 다시 한번 물었다.

"알았지?"

꼬마 아룡이 명선의 눈을 보고 마지못해 고개를 끄덕였다.

그날 아빠 손을 잡고 하원한 아룡은 떡볶이집으로 향했다. 아룡의 입에 떡볶이를 넣어 주는 아빠에게 아룡이 물었다.

"아빠, 아빠는 왜 죽고 싶어?"

아룡의 목소리가 너무 해맑아서 아빠는 더 말문이 막혔다.

"나랑 있어도 죽고 싶어? 난 아빠랑 있으면 좋은데…."

"아룡아… 아빠가… 미안해."

아빠가 고개를 숙이자, 아룡의 작은 손이 아빠의 손을 잡았다.

"아빠, 가서 아빠 하고 싶은 거 해. 죽는 것보다 낫잖아."

며칠 뒤, 아빠는 이혼 서류와 친권 포기 서류를 식탁에 올려놓고 집을 나갔다. 명선은 홀연히 떠나는 아룡 아빠를 차마 지켜보지 못하고 뒤돌아섰다. 아빠가 잠시 뒤를 돌아봤을 때 꼬마 아룡은 웃는 얼굴로 아빠를 향해 손 흔들고 있었다.

"아, 몰라, 기억 안 나. 가란다고 진짜 가냐."

아룡은 작은 목소리로 구시렁거렸다.

아룡과 법산이 공원의 정자에 나란히 걸터앉았다.

"왜 죽고 싶었어? 혹시 나 땜에?"

아룡은 오랫동안 품어 왔던 질문을 조심스럽게 내밀었

다. 법산은 고개를 저었다.

"염리심(厭離心)."

"그게 뭔데?"

"세상 사는 게 재미없어지더구나."

"나랑 똑같네."

"남들은 연봉을 얼마 받는지, 어디 사는지, 뭘 입는지 중요한데, 그런 것들에 다 흥미가 없어졌어. 그저, 왜 나고 죽는지가 궁금해진 거야. 너무 궁금해서 답을 알 때까지는 아무것도 하고 싶지가 않았다."

아룡은 법산의 말에 귀를 기울였다. 자신도 열여덟 인생 동안 풀지 못한 숙제였다.

"그래서 알았어?"

법산이 말없이 고개를 끄덕였다.

"그럼 다시 안 태어나는 건가? 좋겠네, 이 지긋지긋한 거 다시 안 해도 되고."

깨달은 사람은 다시 태어나지 않는다는 말을 아룡은 할머니에게 들은 적이 있었다.

"사는 게 싫으냐?"

"그지 같아."

"태어나고 싶달 땐 언제고, 벌써 죽고 싶어?"

"내가? 태어나고 싶었다고? 레알?"

아룡이 벌떡 일어났다. 법산이 바닥에 줄지어 가는 개미들을 가리켰다.

"모든 생은 원해서 난 거야. 그러니, 숨 다할 때까지 제 명을 살아야지."

"차라리 할머니처럼 전생에 지은 죄가 많아서 이러고 산다고 해, 그럼 믿어 줄게. 내가 원해서 난 거라니! 누가 이런 그지 같은 생을 원해? 아빤 자식 버리고 중 되고, 엄만 알콜 중독에 남자만 밝히는데!"

아룡은 쌓아 뒀던 원망을 그러모아 법산이 아플 만한 단어들만 골라서 내뱉었다.

"그건 다른 사람 삶이고 니 삶은 아니잖느냐. 다른 사람들 때문에 니 삶이 망가질 이유는 없다. 인생은 네 것이니까, 네가 만드는 거지."

법산은 아룡의 의도와는 달리 담담했다. 아룡은 법산의 그 담담함이 더 분했다.

"하, 가스라이팅이 따로 없네. 이딴 부모 밑에 태어난 것도 억울한데, 이것도 내 선택이라질 않나, 내 책임이라질 않나. 됐어, 다 집어치워."

아룡이 분을 참지 못하고 거리로 뛰쳐나갔다.

어두운 거리를 혼자 걷던 아룡은 점차 낯선 길로 빠져들었다. 분명 아는 길이었는데 길가에서 스멀스멀 검은 연기들이 올라오며 샛길이 가지를 뻗어 생겨나고 있었다. 아룡은 발걸음을 재촉했다.

이 골목 끝엔 밝은 대로가 펼쳐져 있으니 거기까지만 가면….

그런데 연기인 줄로만 알았던 검은 것들이 사람의 형체를 하고 아룡을 쫓아오기 시작했다. 빛을 향해 뛰면서도 아룡은 자신을 쫓아오는 검은 형체들을 보고 놀라지 않을 수 없었다. 분명 사람의 모습인데 어떤 것은 목이 없고, 어떤 것은 몸통이 반이나 잘려 나가고, 또 어떤 것은 두 다리가 없었다.

아룡은 있는 힘을 다해 밝음을 향해 나아갔지만, 검은 길은 자꾸만 생겨나고 빛은 멀어져만 갔다.

검은 형체가 아룡을 집어삼킬 기세로 달려들었다.

마침내 검은 형체가 아룡의 발을 덮치더니, 아룡의 머리끝까지 잠식해 검은 형체와 아룡이 하나가 될 지경이었다. 아룡이란 존재 자체가 이대로 사라져 버리려던 참이었다.

그때였다, 법산이 나타난 것은.

아룡은 법산이 장풍이라도 쏴서, 검은 형체들을 물리쳐 줄 것이라 기대했지만 법산은 그저 주머니에서 성냥개비 하나를 꺼내 불을 붙일 뿐이었다. 성냥개비에 묻은 유황이 타오를 듯 꺼질 듯 가물거리다, 드디어 불이 붙었을 때 검은 형체들은 환한 빛에 놀란 듯 스르륵 사라졌다.

"자귀다. 스스로 목숨을 끊은 영혼들은 몸을 잃은 뒤

어디로 가야 할지 몰라 구천을 떠돌다, 자신 같은 자귀들을 만나면 잡아먹으며 몸을 불린다. 너도…."

법산은 말을 더 하려다가 그만뒀다.

아룡은 법산이 하려던 말이 무엇인지 알 것 같았다. 자신도 스스로 목숨을 끊었으니, 자귀가 노리는 것이 당연했다.

"안전한 곳으로 가거라. 자귀들이 들끓지 않는 곳."

# S#9. D-2. 사랑 애(愛) = 슬플 애(哀)

아룡은 혼자 놀이터로 왔다. 달리 갈 곳이 없었다. 집에 들어가기 싫을 때면 시윤과 함께 밤늦도록 머물렀던 놀이터였다. 아룡은 온 마음으로 오롯이 시윤이 그리웠다.

살포시 잠들었던 아룡이 그네 삐거덕거리는 소리에 잠에서 깼다. 시윤이 가방을 멘 채 혼자 그네를 타고 있었다. 아룡이 천천히 다가가 시윤의 옆 그네에 앉았다.

"난 너 때문에 그래도 살맛 났었는데 너한텐 내가 아무 힘이 안 됐구나."

시윤이 마치 아룡이 옆에 있는 듯 혼잣말했다.

"나도 네가 있어 좋았어."

안 들리는 줄 알면서도 아룡이 대답했다.

"계속 생각해. 내가 더 빨리 신고했더라면…. 아니, 더 빨리 한강으로 왔더라면… 너랑 그렇게 헤어지지 않았더라면…."

시윤의 눈에서 눈물이 흘러내렸다.

"그게 왜 니 잘못이야? 내가 선택한 건데."

"혹시 내가 사귀자고 졸라서 그런 거야? 그런 거면… 정말 미안해, 아룡아."

"아니야, 이 바보야! 그런 거 아니라고! 나도 너, 좋아한다고!"

아룡은 시윤에게 진심을 전하지 못하고 죽어 버린 게 답답하다 못해 미안해졌다. 이대로면 바보 같은 시윤이 계속 제 탓만 할 것 같았다.

“바보 같은 강시윤! 아니, 바보 같은 최아룡!”

아룡이 갑자기 가슴에 통증을 느꼈다.

“아, 나 왜 이러지….”

시윤이 떠나고, 아룡은 혼자 가슴을 부여잡고 거친 숨을 내쉬었다.

“왜 가슴이 이렇게 아프지….”

어느새 법산이 다가와 걱정스런 눈으로 아룡을 지켜보고 있었다.

“아파, 여기가, 많이.”

아룡이 가슴을 가리켰다.

“사랑은 원래 아픈 게다.”

예상치 못한 단어에 아룡은 정신이 아득해졌다.

“사랑?”

“몸이 없으니, 마음이 더 오롯이 느꼈을 게야.”

아룡이 자기 가슴 위에 두 손을 포개었다.

“희로애락에 애는 사랑 애가 아니라, 슬픔 애란다. 가슴이 아플 만큼 슬픈 게 사랑이거든."

"아빠는 나 사랑한다며 왜 떠났어?"

아룡이 담담하게 물었다. 분노도 원망도 가신 말투였다.

"살기 힘들다고 강물에 애 던지는 아빠나, 살기 싫다고 애 버리고 출가하는 아빠나 똑같이 나빠."

법산이 아룡의 눈을 바라봤다. 아룡도 법산의 시선을 피하지 않았다.

법산이 갑자기 한 발 뒤로 물러서더니 아룡을 향해 땅바닥에 머리가 닿게 절을 했다. 한 번, 두 번, 세 번. 아룡이 법산의 동작을 하나하나 놓치지 않고 바라봤다.

"미, 안, 하, 다."

법산이 일어나 아룡을 향해 합장했다. 아룡이 흘러내리는 눈물을 야무지게 손으로 닦아 냈다. 법산이 아룡의 눈물을 닦아 주려고 했지만 아룡이 법산의 손을 막았다.

"됐어. 사과는 받았지만 아직 용서는 못 해."

"떡볶이 사 줄까?"

떡볶이란 말에 아룡이 피식 웃음을 터뜨렸다.

"아빠, 나 부탁이 있어."

아룡과 법산이 학원가 한복판에서 시윤을 기다렸다. 시윤이 학원을 마치고 나올 시간이었다. 때마침 건물을 나온 시윤이 자전거에 몸을 실었다.

"아빠, 저기! 빨리!"

법산이 빠르게 걷기 시작하자, 아룡이 법산의 발걸음을 따라잡지 못하고 뒤처졌다. 법산이 멈춰 서더니, 나무 밑에 쓰러져 있는 스쿠터를 세워 탔다. 아룡이 법산의 허리를 잡고 스쿠터에 올라탔다. 호흡이 척척 맞았다.

얼마 가지 못해 갑자기 비가 쏟아졌다. 장대비가 쏟아지는데도 스쿠터를 타고 달리는 아룡과 법산의 얼굴이 즐거워 보였다.

시윤이 비를 맞으며 자전거 페달을 밟다가 이상해 뒤를 봤다. 펄럭이는 회색 옷을 입은 빡빡머리 아저씨가 스쿠터를 타고 웃으며 자신을 따라오고 있었다.

"아이 씨, 뭐야! 왜 따라와!"

시윤이 따라오는 법산을 신경 쓰다 빗길에 미끄러져 넘어졌다. 법산이 스쿠터를 멈추고 시윤에게 다가갔다.

"자네가 아룡이 남자 친구라고?"

법산이 손을 내밀며 시윤에게 물었다.

"남친 아니고, 남사친!"

아룡이 펄쩍 뛰며 법산에게 소리쳤다. 시윤이 법산을 의아하게 보다가 법산의 손을 잡고 일어서며 대답했다.

"네. 그런데요?"

"아, 뭐야, 강시윤."

아룡이 좋으면서도 부끄러운 듯 고개를 떨궜다.

치킨을 앞에 두고 법산과 시윤이 마주 보고 앉았다. 아룡은 둘을 중재라도 하듯 가운데 앉아 시윤을 바라봤다.

"아빠, 시작해."

"아룡이가 자네한테 할 말이 있다는군."

법산이 아룡의 지시대로 말을 꺼냈다. 시윤은 어이가

없었다.

"아룡이 지금 병원에 있는데 무슨 말이에요? 신종 보이스 피싱이에요? 아룡이 얘기해서 내가 여기까지 오긴 왔는데… 아픈 애 들먹이며 진짜, 너무하네!"

시윤이 발끈하자, 아룡이 시윤의 가방 속에 있는 태블릿을 가리켰다.

"아빠, 저거 꺼내 보라고 해."

"저걸 꺼내 보라는군."

법산이 시윤의 열린 가방 사이로 보이는 태블릿을 가리켰다. 시윤이 경계하며 가방에서 태블릿을 꺼내자, 법산이 태블릿을 뺏듯 가져왔다.

"용을 그려."

아룡이 법산에게 말했다.

"용?"

법산이 아룡의 말을 따라 하며 펜으로 용을 그리기 시작했지만, 용이 아니라 지렁이라고 해도 믿을 수 없는 그림 실력이었다.

시윤이 법산이 그리는 용을 유심히 바라봤다.

"아니, 아니, 좀 잘 그릴 수 없어?"

답답한 아룡이 법산을 타박했다.

"더 어떻게 잘…."

법산이 말끝을 흐렸다. 참다못한 시윤이 소리쳤다.

"지금 누구랑 얘기하시는 거예요? 사람 앉혀 놓고!"

"한강, 한강에서 용이 나오는 거야."

아룡이 법산에게 설명을 이어 갔다.

"강을 어떻게… 그려야 하지."

법산의 중얼거림을 듣고 시윤의 눈빛이 달라졌다.

"강이요? 지금 강이라고 하셨어요?"

"한강에서 용이 나온다는군. 이런 용이…."

"아니, 이 용 말고 이쁜 용. 핑크 용."

아룡이 신이 나서 두 손으로 용을 그리며 설명했다.

"이쁜 용, 핑크 용."

법산의 말이 끝나자마자, 시윤이 법산의 멱살을 잡았다.

"당신 누구야?"

"또 욱한다. 사람 말 끝까지 들으랬지!"

아룡이 시윤의 머리를 손으로 콩 치려는데 손이 그대로 통과됐다.

"인간이란 한 줌 흙으로 돌아갈 존재… 순리대로 살다가면 될 것을, 나 또한 화를 자초하는 미물에 불과하지."

법산 특유의 선문답 같은 화법에 아룡이 소리를 질렀다.

"아빠! 쫌!"

어이가 없기는 시윤도 마찬가지였다.

"지금 뭐라는… 이거, 나랑 아룡이만 아는 거라고. 이걸 당신이 어떻게 알아?"

시윤이 법산에게 따져 물었다.

"내가 아룡이 아빠네."

법산이 자못 당당하게 말했다.

"아, 아룡이 버리고 집 나간."

시윤이 아차 싶은지 멱살 잡았던 손을 풀고 자리에 앉

았다.

"진짜 아룡이가 여기 있어요?"

시윤이 반신반의한 얼굴로 물었다.

"정확히 말하면 아룡이의 정신세계 중 일부가 여기 있는 거지."

법산의 답이 시윤에게 충분한 설명이 되지는 않았지만, 시윤은 그저 아룡과 한 공간에 있다는 말을 믿고 싶었다.

비가 그친 거리를 법산과 아룡, 시윤이 함께 걸었다.

"시윤아, 미안해."

"미안하다는군."

아룡이 말하자, 법산이 전했다.

"그렇게 말고, 그냥 내 말을 그대로 전해. 시윤아, 미안해, 이렇게."

"알았다. '시윤아, 미안해.'라는군."

아룡은 법산의 통역이 영 맘에 들지 않았다.

"뭐가?"

"그냥… 너 울린 거. 마음 아프게 한 거…."

이번엔 법산이 아룡에게 빙의된 듯, 아룡의 마음으로 답했다.

"용서해 달라는 거 아냐… 그냥…."

가만히 귀를 기울이던 시윤이 아룡의 말을 끊었다.

"그럼, 돌아와."

시윤의 갑작스러운 말에 아룡이 말을 잇지 못했다. 아룡은 시윤에게 돌아오라는 말을 들을 거라고는 상상도 하지 못했다. 무엇보다 시윤의 말 한마디에 자신이 흔들릴 거라는 건 더더욱.

"돌아와. 너, 완전히 죽은 거 아니라며."

시윤이 걸음을 멈추고 아룡을 바라봤다.

"내가 젤 후회하는 게 뭔지 알아? 너보다 이쁜 여자 만난다고 했던 말…. 아무리 생각해도 너보다 이쁜 여자는 없을 거 같거든. 내 마음에 니가 이렇게 박혀 있는데 내 눈에 누가 들어오겠냐. 나, 너랑 대학 가서도 취직해서도 같이 놀 거야. 사는 거 시시하지… 하지만 너랑 함께면 안 시시해."

시윤의 고백 같지 않은 고백에 아룡의 눈빛이 흔들렸다.

아룡과 시윤이 놀이터에 다다랐다. 헤어질 시간이었다.

"또 볼 수 있는 거지?"

시윤이 확인하듯 물었지만 아룡은 아무 대답도 할 수 없었다. 시윤이 가방에서 주섬주섬 무언가를 꺼내 아룡에게 내밀었다. 주민등록증 발급 서류였다.

"주민등록증 나온대. 학교에서 나눠 주더라. 내가 니 것도 받아 왔어."

아룡이 시윤이 내민 서류를 멍하니 바라봤다.

# S#10. D-1. 스페셜 이벤트

이제 하루만 지나면 아룡은 영영 돌아오지 못할 강을 건널 터였다. 아룡은 자신이 점차 흐려지는 것을 느낄 수 있었다.

"아빠, 나 점점 흐려져. 곧 지워질 것처럼."

법산은 애잔하게 아룡을 바라봤다.

"며칠 남았지?"

"하루."

명선은 중환자실에서 의료진의 설명에 초조하게 귀를 기울였다.

“이대로면 하루도 못 버팁니다. 혈압이 정상 수치를 벗어났습니다. 마음의 준비를 하시는 게 좋을 듯합니다.”

사형 선고나 다름없는 의사의 말에, 명선은 아룡을 꼭 붙들 듯 아룡의 침대를 붙잡았다. 뒤에서 지켜보던 법산이 명선을 부축해 병실 밖으로 나갔다.

아룡은 온전히 혼자 있게 된 뒤, 자신의 몸을 마지막으로 마주했다. 지난 18년간 몸을 사랑했던 시간보다 싫어하고 혐오하던 순간들이 더 많았다. 또래보다 작은 키, 통통한 몸, 쓸데없이 두꺼운 허벅지가 특히 마음에 들지 않았다. 아무리 굶어도 뼈까지 마를 수는 없는 모양인지, 아룡은 엄마를 닮은 통뼈를 저주했다. 게다가 한여름에도 긴소매 옷을 걸쳐야 할 정도로, 팔에 난 수북한 털이 끔찍했다.

이제 내일이면 그 모습들마저 사라질 거였다. 아룡은 여러 감정이 들었다. 서운한 건지 섭섭한 건지 아쉬운 건지, 뭐라고 정의 내리기 힘든 마음이었다. 아룡은 마지막으로 자신의 몸에게 감사 인사를 하기로 했다.

"그래도 너 덕분에 잘 살았다. 떡볶이도 먹고 그림도 그리고…."

아룡은 진심으로 감사함을 느끼며 온 마음으로 몸을 안아 주었다.

그때였다. 아룡의 몸이 더 이상 아룡을 튕겨 내지 않고 빨아들이듯 아룡의 영혼을 받아들였다. 아룡의 몸과 영혼이 하나가 되는 듯했다. 의도치 않은 일이었지만 아룡은 기뻤다. 어제 시윤을 만나고서부터 아룡은 흔들리고 있었다. 아룡은 몸과 하나 됨을 느끼며 이대로 생으로 돌아가기를 바랐다. 다시 이생으로 돌아가게 되면 꼭 하고 싶은 일이 있었다.

하지만 얼마 지나지 않아, 아룡은 스프링처럼 몸에서 튕겨 나왔다. 아룡이 머물려 해도 도저히 몸에 붙어 있을 수가 없었다. 아룡의 몸은 자신을 버린 주인을 다시는 담기 싫다는 듯 아룡을 내쳤다. 다시 태어나지 않겠다던 아룡은 이제는 돌아가려 해도 돌아갈 방법을 알지 못해 애가 탔다.

명선을 보내고 돌아온 법산이 아룡 옆에 앉았다.

"아빠는 내가 다시 살았으면 좋겠어?"

"니 삶이지 않느냐. 니 마음을 따르거라."

법산은 스스로 선택하지 않은 삶은 언제든 스스로 포기할 수 있다는 걸 잘 알고 있었다.

"칫, 핑곗거리를 안 주네."

잠자코 생각에 잠겼던 아룡이 입을 뗐다.

"아빠, 나 하고 싶은 일이 생겼어. 나, 살고 싶어. 아까 몸에 들어가 봤는데 잘 안 됐어. 나 어떻게 하면 돼?"

법산은 어렵게 아룡의 마음을 돌렸지만 자신이 아룡을 도울 길이 없다는 사실에 마음이 아팠다.

아룡은 혼자 복도를 서성이다 누군가와 부딪혔다.

"아야!"

아룡은 아픔보다 자신이 누군가와 부딪혔다는 것에 놀

랐다. 놀란 건 아룡과 부딪힌 아이도 마찬가지였다. 바로 아룡이 한강에서 구한 그 아이였다.

"너, 나 알지?

아이가 고개를 끄덕였다.

아이의 병실 앞 의자에 아룡과 아이가 나란히 앉았다. 창문 너머로 침대에 누워 있는 아이의 몸이 보였다.

"너도 나처럼 몸으로 돌아가는 방법을 모르는 거야?"

아이가 고개를 저으며 말했다.

"난 내 의지로 죽은 게 아니어서, 내가 원하면 몸으로 돌아갈 수 있어."

"그럼 돌아가, 어서! 너도 시간이 얼마 없어!"

"돌아가도 갈 데가 없어."

아이가 시무룩하게 대답했다.

"없어?"

아룡은 아이의 딱한 처지에 마음이 아팠다. 아이의 모습에서 아빠를 떠나보냈던 꼬마 아룡이 겹쳐 보이는 듯했다.

아룡은 아이를 강에 떨어뜨리고, 자신은 달리는 차에 몸을 던졌다는 아이 아빠 소식을 들었었다. 아이 아빠는 그대로 세상을 떠났다고 했다.

"야, 너 이름이 뭐야?"

"김이준."

"너 물에 빠졌을 때 누나가 구해 준 거 알지?"

큰 눈을 깜박이며 이준이 크게 고개를 끄덕였다.

"앞으로도 특별히 넌, 누나가 딱! 구해 줄 거야!"

신이 난 이준의 목소리가 커졌다.

"그때 만난 파워 드래건처럼?"

아룡은 이준의 말을 이해하지 못했지만 아이 말이겠거니 하고 고개를 끄덕였다.

"응, 파워 드래건처럼."

이준이 새끼손가락을 내밀었다.

"그래, 약속!"

아룡이 기꺼이 새끼손가락을 걸자, 이준이 활짝 웃었다.

이준이 병실로 향하다 아룡을 돌아봤다. 아룡이 이준을 응원하듯 두 주먹을 불끈 쥐어 보였다. 아룡이 어서 몸으로 들어가라는 손짓을 했다. 이준은 아룡에게 손을 흔들며 천천히 자기 몸속으로 들어갔다. 이준의 심장 박동이 정상으로 돌아왔다. 기계음에 놀란 의료진이 이준의 병실로 달려갔다.

아룡은 흐뭇하게 이준을 보다 이준의 말을 곱씹었다.

"난 내 의지로 죽은 게 아니어서, 내가 원하면 몸으로 돌아갈 수 있어."

그 시각, 법산은 네 컷 프레임 사진관에서 영정 사진에 숨은 비밀을 알아내려고 안간힘을 쓰고 있었다. 지금으로선 아룡이 몸으로 돌아갈 유일한 단서가 영정 사진이었다. 하지만 영정 사진 속 아룡은 마음의 문을 단단히 걸어 잠근 채 비밀을 알려 주려 하지 않았다.

사진은 찍히는 순간에 찍히는 자의 마음이 담긴다. 영정 사진 속 아룡은 몸으로 돌아가는 비밀을 알 법했지만 사진을 찍는 순간의 아룡은 이생으로 돌아갈 마음이 없었으니, 그 방법을 알려 주고 싶지 않은 거였다.

아룡은 몸 앞에 조용히 앉아 법산이 알려 준 대로 정신을 집중했다. 들숨, 날숨… 들숨. 콧구멍을 통해 들어온 숨이 목으로, 가슴으로 그리고 배 끝까지 내려가서 배를 부풀리는 것을 관찰했다. 나가는 숨은 들어올 때의 숨보다 조금 데워져 있었다. 그렇게 호흡에 집중하던 아룡은 마지막 날숨이 나가고, 다음 들숨이 시작되기 전, 호흡의 틈을 발견했다. 바로 그 틈에서 아룡은 모든 시간과 공간이 멈춘 듯한 고요를 느꼈다. 그리고 그 고요 속에서 법산을 만났다.

"마음을 비우면 보인다더니…."

아룡의 말이 끝나기가 무섭게, 사진관에 앉아 있던 법산과 병실에 있던 아룡은 시공간을 초월해 만났다.

법산은 지금이 아룡에게 자신이 깨달은 바를 전해 줄 마지막 순간이라고 여겼다.

"삶에는 목적이 없더구나. 그저 매 순간 감사하며 행복하게 살면 그만이야. 누굴 도우며 살 수 있으면 더 좋은 거고."

아룡은 법산의 말을 어렴풋이나마 알 것 같았다.

"아빠, 나, 돌아갈 수 있을 것 같아."

법산은 아룡이 마음을 돌린 것뿐만 아니라, 스스로 몸으로 돌아갈 방법을 찾았다는 것이 대견했다.

"나, 죽으려고 물에 뛰어든 게 아니라, 누굴 구하려고 뛰어든 거거든. 애가 나보다 먼저 떨어지는 바람에 그 아이 구하려다…."

"활인지명(活人之命)이로구나!"

법산이 기쁨에 차 소리쳤다. 법산은 아룡이 죽으려는 마음이 아니라 타인의 생명을 살리려는 마음으로 물에 뛰어들었다는 말을 듣는 순간, 아룡이 몸으로 돌아갈 수 있다는 것을 확신했다.

사람을 살리는 운명을 선택한 자에게는 하늘이 기회를 주는 법이었다. 그게 활인지명의 숨은 뜻이었다.

포토월에 꽂혀 있던 아룡의 영정 사진이 법산에게 절대 알려 주려고 하지 않았던 비밀이었다.

"아빠, 나, 어디서부터 잘못됐는지 알았어."

아룡이 사진관으로 들어오자, 법산은 아룡의 어깨에 손을 한 번 얹은 뒤, 조용히 밖으로 나갔다. 이번만큼은 아룡 혼자 직면해야 하는 문제인 것을 아룡도 법산도 알고 있었다.

아룡이 일주일 전 영정 사진을 찍었던 기계 앞에 섰다. 코드가 꽂혀 있는 기계는 여느 사진기와 다름없었다. 아룡은 먼저 기계의 전깃줄부터 뽑았다. 아룡은 영정 사진을 찍고 나올 때, 뽑혀 있던 전깃줄을 기억하고 있었다. 이생의 어떤 것도 아룡의 몸을 통과시키며 받아들이지 않았지만 전깃줄만큼은 아룡의 손길을 받아들였다. 이 기계야말로 아룡을 이승과 저승 사이에 빠뜨린 장본인이었다.

기계가 영험한 기운에 휩싸이며 '찍는 대로, 원하는 인생이 펼쳐집니다.'라는 문구가 화면에 떴다. 아룡은 일이 제대로 되어 간다고 생각했다. 다음으로 '인생의 희로애락 네 컷을 찾은 분께, 재촬영의 기회를 드립니다.'라는 스페셜 이벤트 문구가 나타났다. 아룡은 이 특별 이벤트가 자신이 몸으로 돌아갈 마지막 기회라는 것을 직감했다.

아룡은 눈을 감고 희로애락의 순간을 떠올렸다. 18년, 자신의 짧은 인생이 한 편의 영화처럼 흘러갔다.

아룡은 희, 기쁨의 순간으로, 6살 아룡이 엄마, 아빠 손을 잡고 걷는 순간을 떠올렸다. 찰칵, 기쁨의 순간이 기록됐다.

로. 아룡이 "이럴 거면 대체 난 왜 낳은 거야?" 엄마에게 소리를 지르던 순간을 떠올렸다. 찰칵.

애. "돌아와." 시윤의 말에 가슴이 저릿하던 순간을 떠올렸다. 찰칵.

락. 아룡이 이준과 새끼손가락을 걸고 약속한 순간을

90 F11.0 X P80/2 120
1
90 F11.0 X P80/2 120
2
90 F11.0 X P80/2 120
3
90 F11.0 X P80/2 120
4

떠올렸다. 찰칵.

"한 번만 더 기회를 줘."

아룡이 두 손을 모은 채 온 마음을 다해 간절히 기도했다.

화면에 희로애락, 네 컷이 빙글빙글 돌아가다 "축하합니다. 스페셜 이벤트에 당첨되셨습니다!"라는 축하 메시지가 떴다.

아룡에게 재촬영의 기회가 주어졌다.

아룡은 기쁨의 눈물을 흘렸다.

화면이 '프레임 선택'으로 바뀌며 그날처럼 '커플 사진', '민증 사진', '여권 사진', '영정 사진' 버튼이 떴다.

"찍는 대로, 원하는 인생이 펼쳐집니다."

아룡이 문구를 입으로 되뇌며 '민증 사진' 버튼을 꾹 눌렀다.

셋, 둘, 하나, 찰칵!

기계가 다시 한번 커다란 빛에 둘러싸였다.

순간, 즉석 사진기 앞에 앉아 있던 아룡의 영혼은 사라지고, 밝게 웃는 아룡의 민증 사진이 인쇄되어 나왔다.

병실에 있는 아룡의 심장 박동이 정상으로 돌아왔다. 그 자리에 있던 법산은 아룡이 드디어 해냈다는 것을 알아차렸다. 아룡 옆에서 아룡의 손을 잡고 있던 명선이 놀라 의료진을 부르려 일어섰다. 법산이 명선을 자리에 앉히고 대신 나갔다.

아룡이 입을 열려던 참이었다. 명선이 아룡의 손을 꼭 잡은 채 눈물을 흘렸다.

"어, 아룡아… 말해, 엄마, 여기 있어."

"엄마… 고마워."

아룡이 일주일 만에 깨어나서 입 밖에 낸 첫마디가 '고마워.'라니 명선은 꿈만 같았다. 아룡이 혼수상태에서 깨어나 준 것만으로도 고마운 사람은 명선이었다. 명선은 아룡이 기특해 갓난 아룡에게 했듯이 볼을 비비며 아룡이 살아 돌아온 것을 확인, 또 확인했다.

법산은 떠나기 전, 아룡에게 '하고 싶은 일'이 뭔지 물었다.

"웹툰… 시윤이랑 같이 하던 거, 그거 마무리 짓고 싶어."

아룡은 말을 이었다.

"시윤이랑 대학도 가고 싶고, 엄마도 나 없으면 안 될 것 같고… 그냥 죽을 때까지 살아 보게."

법산은 아룡에게 영정 사진을 통해 알아낸 사실을 알려 줬다. 아룡의 제3의 눈은, 아룡이 물에 빠졌을 때 한강의 용이 소용돌이를 일으켜 아룡을 중음의 세계로 안내했다는 것을 보여 줬다. 아룡이 웹툰 캐릭터로 그린 그 핑크 용이었다.

아룡은 이준이 말했던 파워 드래건이 법산이 말한 한강의 용이라는 것도 알게 됐다. 이준도 소용돌이가 칠 때, 핑크 용을 본 것이었다. 시윤과 함께 만들어 낸 그 용이 원래 한강에 살았는지, 아룡이 그리고 난 뒤부터 살게

됐는지는 모를 일이었지만 한강에 용이 살다니! 아룡은 이 비밀을 혼자만 아는 게 안타까울 지경이었다.

게다가 그 용이 이준을 구하고 자신을 소용돌이로 이끌어 중음으로 빠뜨렸고, 그 덕에 다시 살 수 있었다는 사실이 놀라웠다.

아룡은 자신이 앞으로 만들어 낼 수많은 생각들이 하나같이 현실로 펼쳐질 생각을 하니, 아무 생각이나 함부로 하면 안 되겠다고 다짐했다. 적어도 한강에 용이 여러 마리 살게는 하지 말아야겠다고 말이다.

법산은 사진 찍는 대로 일어나고, 그림 그리는 대로 나타나는 법계(모든 존재와 현상을 포함한 세계, 만물의 본체인 절대 진리를 일컬음)의 현상에 다시 한번 경외감을 느꼈다. 한갓 미물인 인간의 지성 너머에서 벌어지는 만물의 현상이 놀라울 따름이었다.

"그 용 이야기의 결말이 보고 싶구나. 다 그리면 알려 다오."

일반 병실로 옮긴 아룡은 빠르게 회복해 갔고, 명선의 간호를 받으며 퇴원 준비를 했다. 명선이 아룡에게 입힐 새 옷을 꺼내다 문득 아룡이 했던 말이 떠오른 듯 물었다.

"근데 너 엄마한테 뭐가 고맙다고 한 거야? 맨날 엄마 원망만 하더니, 철이라도 든 거야?"

명선이 궁금한 눈초리로 아룡을 바라봤다.

"엄마는 죽을 생각을 안 하더라. 아빠 떠나고, 엄마가 하도 울어서… 죽어 버리면 어쩌나 무서웠는데…."

명선은 아룡의 말을 들으며 뒤통수를 맞은 듯 멍해졌다. 어린 아룡이 다 알고 있었다는 게 엄마로서 너무 미안했다.

아룡이 아무렇지 않게 말을 이어 갔다.

"엄마는 술 마시고 연애를 하면 했지, 죽을 생각은 안 하더라고. 엄마가 축 처져 있다가 립스틱 바르고 나갈 준비를 하면 오히려 맘이 편했어. 엄마는 죽고 싶다고 집 나가진 않겠구나, 싶어서."

명선이 아룡의 말을 다 듣고 웃음이 터졌다. 눈가에는 눈물이, 입가에는 웃음이 터져 나온 셈이었다.

"엄마, 나도 엄마 닮았나 봐. 이따 시윤이 온대."

아룡은 자신을 새 옷으로 갈아입히고 입술에 립밤을 정성스레 발라 주는 엄마 아니, 정명선 씨를 보며 생각했다.

엄마가 내 그늘이었구나. 내가 늘 엄마 그늘 아래 있었구나.

아룡이 몸을 잃었을 때 잃었던 것은 바로 엄마였다. 엄마가 있어서 아룡은 배곯지 않았고, 처박혀 있을 방이 있었고, 낯선 것들에 쫓기지 않고 안전할 수 있었다는 것을 깨달았다. 아룡이 엄마를 맘껏 미워할 수 있었던 것은 아무리 아룡이 엄마를 미워한들, 엄마는 아룡을 미워하지 않을 거라는 믿음이 있었기 때문이다.

하지만 아룡은 엄마 아닌, 정명선 씨는 잘 몰랐다. 엄마의 인생을 안다고 말할 만큼, 아룡은 명선에 대해 아는 것이 없었다. 아룡은 자신이 명선을 모르는 만큼 명선이 자신을 모르는 것이 당연하다는 것을 인정하기로 했다. 어쩌면 명선은 아룡이 왜 죽고 싶었는지, 영영 알 수 없을 거였다. 아룡은 명선이 제 마음을 몰라주는 것이 늘 서럽고 억울했다. '엄만데, 엄마가 왜 몰라!' 하는 마음이 치받쳐 왔었다.

하지만 아룡은 더 이상 명선의 품 안에서만 놀던 어린 아이가 아니었다. 아무리 '엄마와 딸'이라고 해도, 모두 알 수도 없고 아는 것도 이상했다. 아룡은 명선이 자신을 알아주지 않는 것이 더 이상 아프지 않았다.

아룡이 엄마를 바라보며 망상 앱을 켜고 있는 사이, 시윤이 들어왔다. 몸으로 돌아와 두 눈으로 시윤을 다시 보니 시윤이 더 잘생겨진 것도 같았다.

명선이 아룡을 힐끗 보더니 피식 웃었다.

'남자 좋아하는 건, 정말 나 닮았네….'

문을 닫고 나온 명선은 잠시 문에 기대 자신이 살아온 시간들을 돌아봤다. 좋아하는 게 있어서, 하고 싶은 게 있어서 지금까지 버틸 수 있고 살아 낼 수 있었던 시간들이었다.

명선은 갑자기 눈시울이 뜨거워지는 걸 느꼈다. 명선은 한 손으로 장하다고, 잘 살았다고, 자기 가슴을 두드렸다.

“이제 술만 끊으면 되네.”

코를 훌쩍이며 삐져나온 눈물을 닦아 낸 명선은 다시 씩씩하게 걸음을 내디뎠다.

시윤이 아룡을 실은 휠체어를 밀며 병원 주변을 산책했다. 길 건너편에 네 컷 프레임 사진관이 보였다.

“우리 사진 찍으러 갈까?”

아룡이 묻자, 시윤이 떨떠름한 표정을 지었다. 이번엔 또 무슨 사진을 찍을지, 시윤은 겁이 났다. 또 영정 사진을 찍겠다고 하면 그땐 무슨 수로 말리나 생각하던 때였다.

“커플 사진 어때?”

아룡이 새초롬하게 말했다. 시윤은 깜짝 놀랐다. 시윤

이 확인하듯, 손가락으로 아룡과 자신을 번갈아 가리켰다. 아룡이 두 눈을 반짝이며 고개를 끄덕였다.

몸이 없었을 때 아룡이 제일 하고 싶었던 건 시윤과 커플 사진을 찍는 거였다. 찍는 대로 이뤄진다니, 커플 사진을 찍으면 정말 커플이 되는 것 아니겠는가!

시윤은 아룡의 대답을 듣고서야 활짝 웃을 수 있었다.

"꽉 잡아!"

아룡의 휠체어를 쥔 두 손에 힘을 준 시윤이 사진관을 향해 달리기 시작했다. 아룡이 손잡이를 꽉 쥔 채 롤러코스터를 탄 듯 환호성을 질렀다.

법산은 건강을 회복한 이준을 데리고 암자로 돌아왔다. 노스님은 법산을 보고 흐뭇한 미소를 지었다.

"그래, 부처는 만났는가?"

법산은 말없이 웃어 보였다. 염화미소(拈華微笑, 석가모니가 제자들 앞에서 연꽃 한 송이를 들어 보이자, 아무도 그 뜻을 몰랐으나 마하가섭만이 그 뜻을 깨닫고 미소 지었다는 데에서 유래된 말로, 글이나 말로 통하지 않고 마음에서 마음으로 전하는 일을 뜻함)였다. 노스님은 법산의 미소에서, 제자의 10년 수행이 헛되지 않았다는 것을 알았다.

"그래, 부처가 뭐 별거던가. 자기가 부처인 줄 알면 부처고, 모르면 중생인 게지."

한바탕 더위가 물러가고 복숭아 철도 끝나 갈 무렵이었다. 그사이 아룡도 휠체어를 반납하고 혼자 산을 오를 만큼 건강해졌다.

"저기, 부처 하나 또 오는군."

땀을 뻘뻘 흘리며 산을 오르는 아룡을 보고 노스님이 말했다.

법산도 이제는 노스님의 말을 알아들었다. 자기가 부처인지 모르고 부처가 되겠다고 무문관에서 10년을 버텼던 법산의 눈에도 아룡이 부처로 보였다.

아룡뿐만이 아니었다. 자신이 부처인 줄 까맣게 모르고, 죽고 싶다 칭얼거리면서 하루를 살아가는 이들 모두가 법산의 눈에는 아직 눈을 뜨지 않은 예비 부처로 보였다.

빡빡머리에 회색 옷이 제법 잘 어울리는 이준이 먼발치서 아룡을 발견하고 고무신이 벗겨질세라 달려갔다. 와락 안기는 이준을 아룡도 품에 꼭 안았다. 한강의 차디찬 물에서 허우적거리던 이준의 작은 몸이 그새 제법 자라 있었다. 법산이 흐뭇하게 두 아이를 바라봤다.

아룡이 산을 오르느라 지친 몸을 대청마루에 앉혔다.

“이놈의 몸뚱이, 디게 무겁네.”

죽다 살아났다고 거칠었던 아룡의 입이 하루아침에 보송하게 변한 건 아니었다. 말은 툴툴거렸지만 얼굴에는 미소가 떠나지 않았다.

법산이 아룡에게 복숭아를 건넸다.

“그래도 그놈이 있어야, 이거라도 먹지 않느냐.”

아룡이 씩 웃으며 복숭아를 한입 물었다.

“아, 살맛 나네.”

이준이 돌림 노래처럼 ‘살맛 나네.’라는 아룡의 말을

따라 하자, 아룡과 법산이 웃음꽃을 터뜨렸다. 이준은 자신이 웃음꽃 버튼을 누른 줄도 모르고, 그저 아룡과 법산을 따라 웃었다.

돌림 노래처럼 웃음이 돌고 돌았다.

■ 작가의 말 ■

《7일 사이에》가 책으로 나오게 되어, 정말 기쁩니다! 원래 이 글은 소설이 아닌, 단막 드라마 대본으로 쓰였습니다. 생명 존중 공모전에 낼 요량으로 썼던 대본이 공모전에서 똑 떨어지고, 청소년 소설로 출판되는 과정을 겪으며 '지금 일어나는 일이 좋은 건지, 나쁜 건지는 아무도 모른다.'는 말을 실감했습니다.

이 글을 처음 쓰기 시작했을 때, 저는 서울의 한 고등학교에서 영화를 가르치는 선생님이었습니다. 일주일에 한 번 학생들을 만나면서 아룡이란 인물을 떠올렸습니다. 학창 시절 나댄다고 친구들한테 핀잔을 듣던 저와는 사뭇 다른 아룡을 만나게 된 것은 학생들 덕분입니다.

굳이 아룡과 10대 때 저의 닮은 점을 찾자면, 죽음에 대한 동경인 듯합니다. 10대와 20대를 거치는 내내 죽으면 모든 게 끝날 거라는 환상에 사로잡혀 있었습니다. 그래서 사는 게 힘들 때마다 '죽고 싶다.'는 말을 입에 달고 살았던 것 같습니다. 그리고 혹시 죽게 되면 다시 태어나지 않기를, 간절히 바랐습니다. 여전히 삶은 버겁고 예측할 수 없는 일들로 구성되지만 주어진 삶에서 행복할지 말지를 선택하는 건, 나 자신이라고 생각합니다.

아룡의 이야기를 통해, 한 번쯤 자살 충동을 겪었던 누군가가 '그래도 인생, 살 만하네.' 하고 삶을 살아 보고 싶은 마음을 가지길 바라면서 이 글을 썼습니다.

아룽은 늘 곁에 있어 주는 시윤과 조금 모자란 방식으로 아룽을 사랑하는 엄마 명선, 10년 수행을 깨고 자신을 구하러 오는 아빠 법산이 있지만, 자신이 사랑받는 존재라는 걸 알지 못했습니다. 삶과 죽음 사이의 7일을 거치며, 아룽이 사랑받는 존재였다는 걸 깨닫기를 바랐습니다.

그리고 엄마와 아빠라는 이름으로, 가족의 틀 안에서만 바라보던 부모도 그저 정명선 씨, 법산 스님이라고 불리는, 아룽과 마찬가지인 한 사람일 뿐이라는 것을 알기를 바랐습니다. 아무리 엄마 아빠라 한들, 아룽의 열여덟 삶을 하나하나 이해할 수 없는 것처럼, 아룽도 부모인 명선과 법산의 삶을 다 알 수 없다는 것을 인정할 때, 아룽이 독립된 어른이 될 테니까요.

삶에는 목적이 없지만, 목적 없는 여정에 좋은 친구가 있으면 더 행복할 수 있다고 믿기에 아룡 곁에 시윤을 남겨 두었습니다. 시윤이 아룡을 행복하게 해 주는 사람이기를, 아룡 또한 시윤에게 그런 사람이 되기를 바라는 마음입니다.

또한 아룡이 이준을 구하고, 재촬영의 기회를 얻어 생으로 돌아왔듯이, 누군가를 돕는 이에게는 하늘이 행운을 줄 거라 믿어 의심치 않습니다.

이 글을 세상에 나오게 해 준 베틀북 관계자분들께 감사드립니다. 특히, 단막 드라마 대본으로 태어난 이 글이 소설로 클 수 있는 씨앗임을 한눈에 알아보고, 성장과 변형의 길로 안내해 주신 김정미 주간님께 감사의 말씀을 드립니다. 그리고 대본부터 소설까지, 이 글의 처음과 끝을 함께 한 '오늘도 쓴다, 오쓴' 친구들에게 감사드립니다. 소설의 시옷도 모르는 제게 새로운 길을 터 주신 글쓰기 공작소 이만교 선생님과 동인님들께도 감사드립니다.

마지막으로, 제 인생에 좋은 친구인 남편에게 사랑과 고마움을 전합니다. 이제 5살인 아들이 커서, 이 책을 읽게 되길 바라는 마음으로 글을 마칩니다.

김영혜

청소년 문학

# 7일 사이에

김영혜 글 | 이윤민 그림

1판 1쇄 펴낸날 2024년 11월 10일

펴낸곳 (주)베틀북

펴낸이 강경태

등록번호 제16-1516호

주소 서울시 강남구 테헤란로86길 14 윤천빌딩 6층 (우)06179

전화 (02)3450-4151

팩스 (02)3450-4010



ISBN 979-11-93375-16-7 43810